吉田雄亮

北町奉行所前腰掛け茶屋
片時雨

実業之日本社

実業之日本社文庫

北町奉行所前腰掛け茶屋　片時雨／目次

第一章　景勝餅《かげかつもち》はいかが　5
第二章　弁慶《べんけい》の七つ道具　32
第三章　三人寄れば公界《くがい》　62
第四章　朝題目に宵念仏　88
第五章　敵討ちの敵なし　110
第六章　辛抱の棒が大事　137
第七章　えせ者の高笑い　177
第八章　浮世《ふせい》は夢の如し　218

第一章　景勝餅《かげかつもち》はいかが

一

八丁堀《はっちょうぼり》の、与力の屋敷が建ちならぶ一画は、夜の帳《とばり》に覆《おお》い包まれていた。

北町奉行所非常掛り与力松浦紀一郎《まつうらきいちろう》の屋敷の離れには、まだ明かりが点《とも》っている。

一枚の紙を手にして、勝手の土間を降り立った松浦弥兵衛《やへえ》は、水を満たして七輪にかけた釜を見詰めた。

釜には、蓋《ふた》をした蒸籠《せいろ》蒸し器がのせてある。

蓋をとった。

蒸籠のなかには、葛粉《くずこ》と餅米を混ぜた長四角の塊《かたまり》が入っていた。

凝視する。

指で軽く餅をつついた。

首を傾げる。

再び蓋をかぶせ、手にした紙に目を落とした。

紙には、景勝餅《かげかつもち》を作るてだてが書き記されている。

真剣勝負に挑む武芸者さながらの、厳しい弥兵衛の眼差しであった。

五十代後半の弥兵衛は、小柄で痩身《そうしん》、白髪交じりの長い顔、こぢんまりした目鼻立ち、どこにでもいそうな顔つきの風采の上がらぬ好々爺《こうこうや》だった。

町人髷《まげ》に結《ゆ》っているが、弥兵衛は二年前に職を辞するまで、北町奉行所の例繰方《れいくりかた》与力だった。

例繰方は、お仕置きにかかわる刑法例規取調、書籍編集を掌《つかさど》る役向きである。

北町奉行所内において、

〈与力同心にとって御法度《ごはっと》を習う教場の如し〉

と評される厳格極まる部署であった。

弥兵衛は内役の例繰方として、見習い与力として出仕したときから退任するまで、北町奉行所が扱った事件のすべてを調書をもとに書き記し、編纂《へんさん》してきた。
控えてきた事件のあらかたは記憶している。その一点は、弥兵衛の自慢とすると
ころであった。
が、多くの事例を知り尽くし、一刀流皆伝の腕前であるにもかかわらず、弥兵衛
が定廻《じょうまわ》りなど探索方の役務に就《つ》くことはなかった。
あまりにも偏屈、頑固な気質ゆえ、同輩たちから疎《うと》まれた父のあおりを食ったた
めだった。
殺伐《さつばつ》としたお仕置について書き記す日々を送ってきた弥兵衛の、唯一の楽しみは
料理作りと甘味作りだった。
妻の静《しず》が、産後の肥立ちが悪く急死したため、必要にかられて始めた料理、甘味
作りだったが、やっているうちにおもしろくなり、弥兵衛は次第に深みにはまって
いった。
五十半ばを過ぎた弥兵衛は、家督を嫡男《ちゃくなん》紀一郎に譲った。
料理や甘味づくりを楽しみとしていた弥兵衛は、北町奉行所の前にある腰掛茶屋
の主人茂七《もしち》が、老齢のため見世《みせ》を売るという話を耳にして、躊躇《ちゅうちょ》することなく買い
取った。

腰掛茶屋の主人になった弥兵衛は、見世で出す甘味に工夫をこらし、客に毎月異なる品を供しようと考えた。

そのため、各地の名物やむかし評判になった甘味を調べつづけている。

景勝餅は、正徳《しょうとく》元年（一七一一）に江戸両国《りょうごく》で松屋三左衛門《まつやさんざえもん》が売り出して、評判を呼んだ景勝団子《だんご》がもとになった、といわれている甘味であった。

景勝団子という名は、上杉謙信《うえすぎけんしん》の養子景勝の生家、長尾《ながお》家の鉾先《ほこさき》と団子の形が似ていることからつけられたといわれている。

その景勝団子の流れを汲んでつくられた景勝餅は、知る人ぞ知る隠れた甘味の名品であった。

〈葛粉三升、糯米《もちごめ》粉一升を混ぜ合わせて蒸す。蒸し上げたものを適宜に丸め、黄粉《きなこ》に砂糖を入れてかける〉

この数年探し求めていた、享保《きょうほう》年間に刊行された『近世御前菓子秘傳抄』という、古今東西の甘味の作り方を網羅《もうら》した古書を、弥兵衛は知り合いの版元から二日前に入手した。

記されていた数多《あまた》の甘味のなかから、弥兵衛は景勝餅を選び出し、作り方を紙に書き写して作り始めたのだった。

が、景勝餅は固め、と書かれているのに、どうしても固くならない。

蒸し方に問題があるのか、とおもって、三度ほど蒸す時間を変えてみたが、どうにもうまくいかない。

手立てを記した紙を見詰めたまま、小半時（三十分）ほど思案を重ねた弥兵衛は、釜に入れる水の量を少なめにして蒸してみよう、と思い立った。

釜の湯をひしゃくで数回すくって、土間に捨てる。

再び釜に蒸籠をはめ、台盤に置いてある、あらかじめ混ぜ合わせておいた糯米と葛粉を、板状にのばして蒸籠に敷きつめた。

蒸籠に蓋をする。

待つことしばし……。

頃合いを見計らって、蓋を外した。

蒸した餅を指でつつく。

瞬間……。

うむ、とうなずき、弥兵衛は満面に笑みをたたえた。

二

翌日、腰掛茶屋の板場で、弥兵衛は台盤の前に立っていた。角盆に並べた景勝餅を皿に盛っている。昨夜つくって、見世まで運んできた餅だった。

突然、見世のほうから、

「うめえ。景勝餅なんて、めったに口に入らない代物《しろもの》だ。ついてるね、今日は」

客の声が聞こえてきた。

手を止めた弥兵衛が、声のしたほうを振り向き、おもわずにんまりする。

そのとき……。

「神田須田町《かんだすだちょう》畳屋保吉《やすきち》、親孝行報償の一件、入りましょう」

呼びかける北町奉行所の下番の声が上がった。

「おい」

とこたえて、見世から出て行く客たちの足音がする。

腰掛茶屋で、いつも繰り広げられている光景だった。

北町奉行所内の公事《くじ》控所が手狭なために、茶屋は北町奉行所に呼び出された者たちの待合場所として利用されている。

同様な役割の腰掛茶屋は、南町奉行所の前にもあった。

見世のほうに気をとられている弥兵衛の耳に、

「道庵《どうあん》先生も引っ越すんですかい。町内から医者がいなくなるのは、これで四人目だ。薬礼は後払いでもいいといって、貧乏人を診てくれる医者がいなくなってしまった。残っているのは薬礼の高い、金の亡者《もうじゃ》の弦斎《げんさい》と六庵《ろくあん》だけだ」

「病になったら、どうしよう。犬猫みたいに、治るまで、ただ寝ているしかないのか」

ふたりの声が相次いで飛び込んできた。

うむ、と首を傾げた弥兵衛は、見世へ向かって足を踏み出した。

それぞれの卓は、板の衝立《ついたて》で仕切ってある。

声がしたのは、板場近くの一画だった。

見当をつけた衝立の近くで足を止め、聞き耳をたてる。

なかから、先ほど耳にした声が漏れてきた。

「町内にいた六人の医者のうち、ひとりが大怪我をして、仕事をやめざるを得なくなった。ふたりは、夜逃げ同然に引っ越していった。何かあったに違いない」

別の男が応じた。

「噂じゃ、阿部川町《あべかわちょう》に新しくできた医者町仲間に入ることを断った医者は、そこから嫌がらせをされているそうだ」

一瞬、弥兵衛が眉《まゆ》をひそめた。

（株仲間は、御上《おかみ》が認可した同業者の集まりだ。医者町仲間という、いかにも御上も認めたような呼び名、どうにも気になる）

北町奉行所例繰方与力として、長年勤め上げてきた弥兵衛の勘《かん》が、そう告げていた。

（いつか探索方の役務につきたい）

そう願いながら、職を辞するまで果たせなかった弥兵衛は、いまでも折りあらば事件の探索にかかわり、落着してみたいと望みつづけている。

再び首をひねり、ちらり、と話し声がする衝立に目を走らせた弥兵衛は、板場へもどるべく踵《きびす》を返した。

三

板場では、お加代《かよ》が角盆にならべた景勝餅を小皿に盛りつけていた。

お加代は、茶屋をやっていく上での、弥兵衛の相方ともいうべきお松《まつ》の遠縁の、千住《せんじゅ》宿の鍼《はり》医者の娘だった。

愛嬌《あいきょう》たっぷりで野に咲く花のように可憐《かれん》な、黒目がちの大きな目にほんのりとした色気のある美形のお加代は、見世を始めてすぐに茶屋の看板娘になった。お加代目当てに通ってくる若い衆も大勢いる。

弥兵衛は、そんな若い衆たちを、北町奉行所に呼び出された客たちと一緒に見世のなかに座らせては何かと不都合なことが生じかねない、と考え、見世の外にならべた緋毛氈《ひもうせん》を敷いた縁台に座らせることにした。

弥兵衛の妻、静は嫡男紀一郎を産んだ後、急逝《きゅうせい》した。乳飲み子を抱えて苦労している弥兵衛を見かねて、隣の屋敷の主中山左衛門《なかやまさえもん》が、懇意にしている口入れ屋に下女の手配を頼んでくれた。

その口入れ屋が仲立ちしたのが、お松だった。

丸顔でどんぐり眼《まなこ》、小太りのお松は、よく気がつく働き者だった。紀一郎の子守に掃除、炊事など家事一切を取り仕切り、陰日向《かげひなた》なく働いた。

大工だったお松の亭主は、弥兵衛の屋敷に奉公する半年前に、酒の上の喧嘩《けんか》で土地のやくざに匕首《あいくち》で刺し殺されていた。

歳月が流れ、弥兵衛の隠居が間近に迫るまで、お松はこまねずみのように務めつづけてくれた。

そんなお松の行く末を、弥兵衛は案じていた。

弥兵衛が茶屋を買い取ったのは、お松の暮らしを守るためでもあった。

口には出さぬが、弥兵衛の気持ちを察したのか、お松は、いままで以上に身を粉《こ》にして働いてくれている。

弥兵衛が気儘《きまま》に探索に乗り出せるのも、お松が茶屋をしっかり切り盛りしてくれるおかげだった。

入ってきた弥兵衛に気づいて、お加代が話しかけてきた。

「景勝餅の評判は上々です。今夜も作ってもらわなければ、明日の分が足りなくなります」

「それはよかった。明日の分か。それも、そうだな」

歯切れの悪い弥兵衛を、探る目で見て、お加代が問いかけた。

「旦那さん、また何か気になることを聞き込んだんですか」

苦笑いを浮かべて、弥兵衛がこたえた。

「まあな」

察したのか、お加代が目を輝かせた。

「あたしにも手伝わせてくださいね。仲間外れは厭《いや》ですよ。啓太郎《けいたろう》さんと半次《はんじ》さんが縁台に座っています。つたえることがありますか」

お加代目当てに茶屋に通ってくる啓太郎も半次も、大の捕物好きだった。

鍼医者の父の技を見様見真似で身につけ、針に馴染んできたお加代は、吹針《ふきばり》の名手でもある。

「いや、いまのところ、とくにない」

弥兵衛がとぼけた。

「そうですか」

探る目で、お加代が弥兵衛を覗《のぞ》き込む。

そのとき、見世からお松の声がかかった。

「お加代ちゃん、お客さんがお待ちだよ」

「すぐ行きます」

こたえてお加代が、台盤に置いてあった、茶を満たした湯飲みと景勝餅を盛った小皿を載せた丸盆に手をのばした。

四

三度ほど下番が、客たちに呼び出しにきた。

そのたびに弥兵衛は板場から出て、どの卓に座っていた客が出て行くかをたしかめる。

いずれも、医者町仲間の噂をしていた卓の客たちではなかった。

板場へもどった弥兵衛は、茶をいれたり、景勝餅ふたつを小皿に並べたりなど、休みなく働いている。

四度目の、呼び出す声が聞こえた。

手を止めて、弥兵衛は耳をすます。

「浅草阿部川町代造店《だいぞうだな》、拾得物分配の件、入りましょう」

弥兵衛は、急いで見世へ出た。

医者町仲間にかかわる話し声が聞こえてきた仕切りの奥から、四人の男が出てきた。

地主、大家、代造店の店子ふたりとおもわれた。

見世の外へ出た弥兵衛が、四人が北町奉行所へ入っていくまで、身じろぎもせず見詰めている。

そんな弥兵衛を、丸盆に載せた数杯の茶を運んでいたお松が、足を止めて見やった。

弥兵衛に目を注いでいるのは、お松だけではなかった。

縁台に座った啓太郎と半次も、弥兵衛の一挙手一投足も見逃すまい、と見据えている。

ふたりは、弥兵衛が探索を始めると、頼みもしないのに手伝いに押しかけてくる。

遊び人で、二十代半ばの啓太郎は細身で長身、眉目秀麗《びもくしゅうれい》で切れ長の目に特徴のある、歌舞伎《かぶき》の女形《おやま》が勤まりそうな優男《やさおとこ》だった。が、大の武術好きで、無外流《むがいりゅう》免許皆伝の強者《つわもの》である。さる大店《おおだな》の妾腹の子、という噂もあった。

同じ年頃の半次は、八代洲河岸《やよすがし》にある定火消屋敷《じょうびけし》の前に捨てられていた赤子で、定火消人足頭の五郎蔵《ごろぞう》に拾われて育てられた。定火消屋敷に住む臥煙《がえん》とも呼ばれる定火消の兄貴格で、纏持《まとい》を務めることもある。

眉の濃い、目鼻立ちのはっきりした、引き締まった体軀《たいく》の好男子で、稼業柄、機敏で、小気味のよい動きをしている。度胸が売り物の、八方破れの喧嘩剣法で、用心棒稼業の無頼《ぶらい》浪人にもひけを取らない達者である。

威勢がよくて、がらっぱちの生粋《きっすい》の江戸っ子に見えるが、時折、頼まれもせぬのに茶店の後片付けを手伝ったりする、気遣いのある男だった。

代造店一行の姿が、北町奉行所へ吸い込まれていった。

瞬間……。

弥兵衛が、うむ、と大きく顎《あご》を引いて、踵を返した。

見世へもどっていく。

そんな弥兵衛に目を注いでいた啓太郎と半次が、顔を見合わせ、意味ありげにうなずきあった。

五

「出かけてくる。見世にはもどらない」

　板場から出てきた弥兵衛が、空になった茶碗や皿を丸盆にのせてやってきたお松に声をかけた。

「帰りは遅いのですか。景勝餅が明日にはなくなりますが」

　足を止めて、お松が訊いてきた。

「今夜のうちにつくっておく」

　こたえた弥兵衛が、お松と目を合わさないようにして脇を通り過ぎたとき、お松が応じた。

「わかりました。お願いします」

「必ずやる」

　振り向くことなく言って、弥兵衛が見世から出て行く。

　心配そうに見送っていたお松が、怪訝《けげん》そうに眉をひそめた。

　視線の先に、肩をならべて弥兵衛の跡をつけていく啓太郎と半次の姿がある。

東本願寺の西南、新堀川《しんぼりかわ》沿いにある浅草阿部川町は、上野《うえの》へ向かって縦長に広がっている。

新堀川に架かるこし屋橋のなかほどで、弥兵衛は足を止めた。橋のたもとに、こし屋五郎兵衛《ごろべえ》が住んでいたことから、つけられた名であった。

弥兵衛は、医者町仲間について聞き込みをかけるつもりでやってきた。誰に聞き込みをかけるか、まだ決めていない。

町内のどこかの裏長屋に入り込み、外にいる誰かをつかまえて聞き込みをかければ、いろいろとわかるのではないか、と考えていた。が、阿部川町に近づくにつれて、そのやり方では、うまくいかないのでは、と思いはじめた。

阿部川町への入り口ともいうべきこし屋橋を渡り始めたとき、どこへ聞き込みをかけたらいいか決めるべきだと判じて、弥兵衛は立ち止まったのだった。

新堀川は浅草御蔵《おくら》の南から大川へ流れ込む川である。鳥越橋《とりごえ》を過ぎてから分岐して、ひとつは阿部川町の東から東本願寺の西を流れて、下谷竜泉寺町《したやりゅうせんじまち》の田圃《たんぼ》に行き着く。もうひとつは鳥越橋から西へ向かい三味線堀《しゃみせんぼり》へ向かっていく。三味線堀へ向かう流れは鳥越川とも呼ばれ、三味線堀の末流とされていた。

欄干《らんかん》に手をかけて、弥兵衛は川面《かわも》を眺めた。

水は休むことなく流れつづけている。

その流れが、弥兵衛の気持ちを奮《ふる》い立たせた。

（立ち止まっていては何もできない。とりあえず自身番へ出向き、聞き込みをかけるか。聞き込みにきたことを察知されたら、疑念を招く。嘘も方便。よい手立てを考えねばならぬな）

そう胸中でつぶやいて、弥兵衛は首を傾げた。

（歩きながら策を練るか）

腹をくって弥兵衛は足を踏み出した。

自身番の戸は開けたままになっている。

腹を押さえ、苦しげに顔を歪《ゆが》めた弥兵衛は、よろけながら自身番に入って行った。

土間にしゃがみ込む。

「どうしました」

番人が声をかけてきた。

「急に腹が痛くなって。近くにいい医者はいませんか」

こたえて弥兵衛が再び、腹を押さえた。

「痛《い》たたたた」

苦しそうに呻《うめ》く。

考えに考え抜いた末に打った、弥兵衛の一芝居だった。

おもわず家主と番人たちが顔を見合わせる。

あきらかに困惑していた。

わきから、文机《ふづくえ》の前に座っていた書役が声を上げる。

「道庵先生のところへ行ったらどうですか」

「道庵先生？」

「まだ引っ越しされていないはずです。以前は、町内にお医者さんが六人いらっしゃったんですが、ひとりが廃業され、ふたり引っ越されました。道庵先生は、薬礼後回しで診てくださいます」

「ほかに医者はいないんですか」

訊いた弥兵衛に、番人のひとりがこたえた。

「弦斎と六庵という町医者がいるが、おすすめできないね。薬礼は高いし、取り立ても厳しい」

「そういうことなら、道庵先生のところへ行きます。道筋を教えてくださいな」

書役が口をはさんだ。

「どう行けばいいか、絵図を描いてあげよう」

筆を手にとる。

「ありがたい」

深々と頭を下げた弥兵衛が、再び、

「痛たたた」

と大仰《おおぎょう》に呻き声を上げ、苦しげに腹を押さえ、躰《からだ》をねじってしゃがみこんだ。

六

書役が描いてくれた、道庵の家への道筋を示す絵図を手にして、弥兵衛がやってきた。

立ち止まって前方を眺め、絵図に目を落とす。

「次の辻を左へ折れて、右手の五軒めか」

つぶやいて弥兵衛が、歩き出した。

左へ曲がった途端、弥兵衛の目が大きく見開かれた。

教えられた道庵の住まいの前には、簞笥《たんす》などの家財道具が積まれた二台の大八車が置かれている。

家のなかから若い男とふたりで、座卓の両端を持ち上げて運び出している、馬面《うまづら》で、いかにも頑固そうな風貌の、五十がらみの男が出てきた。

歩み寄って、弥兵衛が声をかける。

「道庵先生ですか」

大八車の荷台に座卓を積み込んで、道庵が振り向いた。

「道庵だが、どこか悪いのかね」

「腹が痛かったのですが、すこしおさまりました」

笑みをたたえた弥兵衛に、道庵が応じた。

「それはよかった。診てやりたいが、御覧の通りでな。それに診察したら何かと面倒なことになるんだ」

「面倒なこと？」

鸚鵡《おうむ》返しをした弥兵衛に、曖昧《あいまい》な笑みを浮かべて道庵がこたえた。

「いろいろあってな。細かいことは勘弁してくれ。もういいかな」

話を打ち切ろうとした道庵に、弥兵衛が食い下がる。

「何か都合が悪いことでもあるんですか」

苦笑いして、道庵が言った。

「医者町仲間というみょうな集まりができてな。そいつらが、何かにつけていちゃもんをつけてくる。うるさくて、困っている」

「医者町仲間？」

問いを重ねた弥兵衛に、道庵が吐き捨てるように告げた。

「薬礼を払ってくれない病人たちから町医者を守ってやる集まりだ、というのが連中の言い分だ。頼まれもしないのに貧乏人から薬礼を取り立ててきて、五割の手間賃を要求された。困窮《こんきゅう》している病人には、薬礼は出世払いでいい、といって治療している。余計なことをしないでくれ、と言ったら、厄介《やっかい》なことになった」

「どんな目にあったんですか」

訊いた弥兵衛に、道庵が溜まっていたものを吐き出すように話しだした。

「医者町仲間の奴ら、途端に凄《すご》みのある顔つきになって『それは許されない。ほかの町医者の先生たちに迷惑をかけるつもりか』といちゃもんをつけてきた。さんざん脅されたあげく、痛い目にあわされ、迷惑料までとられた。迷惑料は取り立ててきた薬礼の五割だ。結局、取り立ててきた薬礼すべてが、奴らの懐《ふところ》に入ったわけだ」

「ひどい話だ」

眉をひそめて、弥兵衛がつぶやいた。

「逆らえば痛い目にあう。町医者仲間のやり口があまりにもあくどいので、六人いた医者のうちふたりは、ほかの町で開業するといって、引っ越していった。ひとりは大怪我をして、寝たり起きたりの有様で医者を辞めてしまった。わしは『医者町仲間に加わらない』とこたえた途端、気が遠くなるほど首を絞められた。いつ殺されるかわからない、とおもったら怖くなってな、引っ越すことにしたんだ。悪いが帰ってくれ」

突き放すように、道庵が告げた。

さらに弥兵衛が食い下がる。

「医者町仲間の拠点は、どこですか」

「わしのところにきていたのは、町火消〈を組〉の兄貴分で纏持の権吉《ごんきち》と若い衆ふたりだ。拠点は知らない」

「どこへ引っ越すんですか」

「久右ヱ門町《きゅうえもんちょう》に手頃な貸家を見つけた。少し遠いが、くる気になれば、阿部川町の病人たちも通ってこられる隔たりだ」

こたえた道庵に、弥兵衛が告げた
「事情はわかりました。それじゃ腹痛を我慢して、よそへまわってみます」

深々と頭を下げて、弥兵衛が道庵に背中を向けた。

七

再び自身番に顔を出した弥兵衛に気づいて、番人が声をかけてきた。

「道庵先生に診てもらいましたか」

家主たちが座っている畳敷きの前に立って、弥兵衛が応じた。

「引っ越しの最中でした。不思議なことに、道庵先生と話しているうちに腹の痛みが薄らいできて、いまは、ほとんど痛みがありません。病は気から、というやつですかね」

書役が話しかけてきた。

「それはよかった。今度は何の御用で」

「腹が痛くて、痛みのほうばかりに気をとられて訊きそこねたことがありまして。実は、を組に用があって阿部川町へきたんですが、を組がどこにあるか教えてもらえませんか」

笑みをたたえて、書役が応じた。

「を組へ行く道筋を絵図にしましょう」

「ありがたい。何度も、すみません」

頭を下げた弥兵衛に、

「すぐ描きます。ちょっと待って」

こたえた書役が、筆硯《ひっけん》を入れた木箱の蓋をとった。

を組への道順が描かれた絵図を手にして、弥兵衛が歩いていく。

足を止めた弥兵衛が、突然、後ろを振り返った。

町家の軒下沿いにつけてくる啓太郎と半次の姿を、弥兵衛の目が捉《とら》えている。

あわてて、ふたりが横を向いた。

にやり、として、弥兵衛が手招きする。

顔を見合わせて、半次と啓太郎が苦笑いした。

ばつの悪そうな様子で、ふたりが弥兵衛に近づいてくる。

そばにきて、啓太郎が声をかけてきた。

「つけられていることに、いつ気づいたんですか」

「茶屋を出て、すぐだ」

わきから半次が声を上げた。

「親爺《おやじ》さんも人が悪いや。あっしと啓太郎は、親爺さんに気づかれないようにしようと、一所懸命だったんですぜ」

「骨折り損のくたびれもうけ、を地で行った。そんなところですね。いやあ、まいった」

啓太郎がしょぼくれる。

笑みを浮かべて弥兵衛が言った。

「どこで何を聞き込むべきか、見当もつかなかったんで声をかけなかった。とりあえず自身番で一芝居打って、茶屋で耳にした町医者がらみの噂話がほんとうだとわかった」

手のひらを、ぽん、と右手の拳《こぶし》で軽く叩いて、半次が応じた。

「それでわかった。腹を押さえて、苦しそうにしていたのはやっぱり芝居だったんですね。啓太郎なんざ、すっかり騙《だま》されて、親爺さん、腹が痛いのかな、と本気で心配してましたぜ」

「余計なことを言うな。半次だって、助けに行ったほうがいいんじゃねえか、と焦っていたじゃないか」

「そうだったかな」

空とぼけた半次が、弥兵衛を見やってことばを継いだ。

「けっこう真に迫ってましたぜ、親爺さんの芝居」

照れ笑いして、弥兵衛がこたえた。

「慣れぬ芝居のお陰で、引っ越し間際の道庵先生を訪ねることができた。道庵先生からも、おもしろい話を聞きだした」

身を乗り出して、半次が訊いてきた。

「どんな話で」

「何をやればいいんですか」

と、啓太郎が目を輝かせた。

「間近の寺社の境内《けいだい》へ行こう。そこで話す」

緊張した面持ちで、ふたりが無言でうなずいた。

第二章　弁慶《べんけい》の七つ道具

一

阿部川町は、新堀川沿いの寺地が徐々に町家に建て替えられて出来た町である。町が形をなした元禄《げんろく》の頃、住人のほとんどが駿州安部川出身の者だったので、阿部川町と名付けられた。

南側には御書院番組《ごしょいんばん》屋敷がある。それ以外の周辺には、寺院が建ちならんでいた。間近に建つ法成寺《ほうじょうじ》に、弥兵衛たちは入っていった。

かかわりのない者に聞かれたら、何かとまずい話である。弥兵衛たちは境内の一隅に置かれた庭石のそばで、立ち話を始めた。傍目《はため》には三人が、一休みして四方山《よもやま》話をしているとしかみえない。

　茶屋の板場で仕事をしていたら、貧しい病人たちの治療をしてくれる四人の医者のうち、ひとりが廃業し、ふたりが引っ越していった。最後に残っていた道庵も引っ越しそうだ。医者町仲間という組織が医者たちの廃業や引っ越しとかかわっているらしいという話し声が耳に飛び込んできた。

　気になったので聞き耳をたてていたら、噂をしていた連中が下番の呼び出しで阿部川町の住人であることがわかった。探索しようと思い立って、阿部川町へ出かけ、道庵がどこに住んでいるか突き止めようとして、自身番で一芝居打った。それまでの経緯《けいい》を、弥兵衛は啓太郎と半次に一気に話して聞かせた。

　話が終わったと判じたのか、啓太郎が訊いてきた。

「親爺さんは道庵先生と、どんな話をしていたんで」

「引っ越すわけを話してくれた」

「面倒なことでも起きたんですか」

　口をはさんできた半次に、弥兵衛がこたえた。

「町火消を組の兄貴格で纏《まとい》持の権吉と若い衆ふたりが突然やってきて、どこで調べたかわからないが、道庵先生に薬礼を払っていない奴から、薬礼を取り立ててきてやった。医者町仲間に入ってくれたら、これからも払いの悪い連中から薬礼を取り立ててやる。手間賃は五割だ。医者町仲間に入るよな、と強談判してきた。断ると権吉から息が止まるほど首を絞められた。身の危険を感じるので引っ越すんだ、と道庵さんはいっていた」

呆れたように啓太郎が声を上げた。

「を組の権吉に若い衆ふたりか。町火消には、やたら粋《いき》がって、鼻持ちならない奴らが多いからな」

わきから半次が文句をつけた。

「火消の悪口はよしにしてくれ。おれも火消だ。火消の悪口を、聞き捨てるわけにはいかねえ」

あわてて、啓太郎が応じた。

「そう目くじらを立てなくてもいいだろう。おれは町火消のことをいったんだ。定火消の話じゃねえよ」

呆れ返った弥兵衛が、突《つ》っ慳貪《けんどん》にいった。

「仲違いするんなら、手伝わなくてもいいぞ。ふたりをなだめすかしながら探索するのは骨だからな」

「親爺さん」

「そんなこと、言わないでくださいよ」

困惑した啓太郎と半次が、相次いで声を上げた。

「これからも仲良くやってくれるんだな」

念を押した弥兵衛に、

「もちろんですとも」

「口喧嘩ぐらいはするかもしれませんが、うまくやります」

ほとんど同時に、啓太郎と半次がこたえた。

笑みをたたえて、弥兵衛が告げた。

「頼りにしてるぞ。半次はを組を、啓太郎は弦斎の噂を聞き込め。おれは、医者町仲間について調べてみる。明日の朝、茶屋の裏手で、聞き込んだ結果を知らせてくれ」

「わかりやした」

「それじゃ明日」

やる気をみなぎらせて、啓太郎と半次が応じた。

二

ふたりと別れた弥兵衛は、阿部川町一帯の名主篤右衛門《とくえもん》をたずねた。茶屋を開いたとき、北町奉行所例繰方として培ってきた弥兵衛の経験と知識を惜しんだ町年寄の樽屋藤右衛門《たるやとうえもん》が、

「名主たちが町内の紛争を裁く際に、相談に乗ってもらいたい」

と申し入れてきた。

弥兵衛は二つ返事で、その申し入れを受諾している。

江戸、大坂、京都などでは町奉行所の支配のもと、町々における自治制が敷かれていた。

町役人《ちょう》と呼ばれる町年寄、地主、名主、家主たちが、御上から伝達された行政上の通知、執行、喧嘩等のごく軽い公事訴訟《くじ》の裁き、祭礼などの行事、消防、町費などの回収、些細な争いにかかわる一切を調停し、処理した。

町役人たちの手に負えない紛争は、すべて町奉行所に持ち込んで、裁可を仰いだ。

町奉行所と町役人のつながりは大きく、何かにつけてかかわりあっていた。

御法度についての知識を深める。そのことは、町役人にとって、さまざまな揉め事をつつがなく落着するための、必要不可欠なものだった。乞われれば気楽に相談に乗ってくれる弥兵衛は、町役人の間では、次第に貴重な存在になっていった。

いまでは町年寄、名主など主だった町役人のほとんどが、弥兵衛を知っている。篤右衛門も、そのなかのひとりだった。

突然訪ねてきた弥兵衛を、篤右衛門はこころよく奥の間へ招じ入れた。

向かい合って座るなり、

「阿部川町の地主、家主、人別帳を扱う寺院の住職たちが、私に助力してくれるよう仲立ちしてもらいたい」

と申し入れた弥兵衛に、篤右衛門が問うた。

「阿部川町のなかで、何かおかしげなことが起きているのですか」

「そうだ。私は北町奉行所前で腰掛茶屋をやっている」

「知っております。茶屋で聞き込んだ話をもとに調べられ、たびたび事件を落着に導かれたという噂を聞いております」

応じた篤右衛門が、不安そうに問いを重ねた。

「もし差し支えがなければ、どんな揉め事か教えていただけますか」

「阿部川町から、あるとき払いの催促なしを信条としている町医者がひとりもいなくなった。その陰に医者町仲間という集まりの存在がある、ということしか、いまのところわかっていない」

驚いたのか、おもわず唾《つば》を呑み込んで、篤右衛門がさらに訊いてきた。

「阿部川町では、貧乏人は病になったり、怪我をしたときには医者に診てもらえない、ということですか」

「その通りだ。薬礼が払えない者は、苦痛をこらえて、ただ治るのを待つしかない。そんな有様だ」

「それは大変な……」

呻くようにつぶやいて、篤右衛門が黙り込んだ。

黙然と見つめて、弥兵衛は篤右衛門が口を開くのを待っている。

ややあって、篤右衛門が声を上げた。

「松浦さまの望み通りに動いてもらいたい、との旨《むね》を記した書付をしたためます。その書付を示せば、地主や住職たちは手助けしてくれるはず。それでよろしゅうございますか」

「十分だ。よろしく頼む」

「暫時《ざんじ》お待ちください」

会釈して篤右衛門が腰を浮かせた。

したため、封書にした仲立ち状を篤右衛門から受け取った弥兵衛は、名主屋敷を後にした。

その足で弥兵衛が向かった先は、道庵の住まいを聞き込んだ自身番だった。

再びやってきた弥兵衛に、家主や番人たちは、露骨に訝《いぶか》しげな視線を注いできた。

「いろいろ訊きたいことがあるんだ。とりあえず、これを読んでくれ」

懐《ふところ》からとりだした封書を、家主にさしだした。

受け取った家主が封紙をはがし、仲立ち状を開いた。

目を通す。

読み終えた仲立ち状を家主が、書役と番人たちに示した。

顔をくっつけあうようにして、書役や番人たちが読みすすむ。

仲立ち状の効果は、絶大だった。

驚きと畏敬の入り交じった眼差しを弥兵衛に注いでいる。

「何をお訊きになりたいのですか」

馬鹿丁寧な口調で、家主が問いかけてきた。

座敷の上がり端に腰を下ろして、弥兵衛がいった。

「医者町仲間について、知っている限りのことを教えてもらいたい」

「医者町仲間は、弦斎先生と六庵先生が呼びかけ人になってつくった集まり、だと聞いております」

ことばを切った家主が、書役と番人たちを振り向いて、ことばを継いだ。

「ほかに耳にしたことがあるか」

番人のひとりが声を上げた。

「薬礼の取り立てが厳しい、という話は聞いています」

他のひとりも口をはさんだ。

「弦斎先生と六庵先生以外の先生たちの、薬礼の取り立てをやっているようです。あちこち調べまわって。道庵先生たちに診てもらって薬礼をはらっていない連中を見つけ出しているという噂です。動いているのは、を組の火消たちです」

「ほかにはないかな」

問いかけた弥兵衛に、書役と番人たちが無言で顔を見合わせた。

それ以上のことは知らないようだった。

「また顔を出す。新たなことがわかったら教えてくれ」

そう告げて、弥兵衛はゆっくりと立ち上がった。

三

弥兵衛は、茶屋にもどってこなかった。

見世を閉め、屋敷の離れに帰るなりお松は、お加代に、

「母屋に行ってくる。明日の支度をしておいて」

といい、出かけていった。

いままで弥兵衛は、下番から呼び出された町の衆が、北町奉行所から出てくるのを待ってつけていった。

それゆえ、弥兵衛がどこへ出かけていったか、つねに弥兵衛の様子に気をつけているお松には、おおよその見当がついた。

が、今回は違っていた。

小耳に挟んで探索する気になった一件が、どこの誰が話していたことなのか、まったく推測できなかった。

長年、仕えてきたお松には、弥兵衛がやろうとしていることは、あらかた読みとれた。

が、今回は動きがみえなかった。

そのことが、お松にいつになく不安を抱かせた。

(旦那さまが危ないめにあうことがないように、若さまに守っていただくしかない)

とのおもいが、抑えきれなくなったのだった。

突然、顔を出したお松を、紀一郎は居間に迎え入れた。

「父上が探索を始められたのだな」

問いかけた紀一郎に、お松が応じた。

「不意に出かけられて、どこへ行かれたのか見当もつきません。いままでにない出かけ方でして。出際に『見世にはもどらない』と言われただけで、せわしなく行かれました。様子がいつもと違うような気がして、心配でなりません」

「長年、父上に仕えてくれたお松が感じたこと、あたらずといえども遠からず、だろう」

うむ、と首をひねった紀一郎が、お松に目を向けて告げた。

「何かわかったら、どんなことでもいい。逐一教えてくれ」

「そうします」

こたえたお松が、

「それでは、これで」

と頭を下げた。

お松が引き上げた後、紀一郎の妻、千春《ちはる》が声をかけてきた。

「義父上《ちちうえ》さまが、動き出されたのですか」

「まだどんなことを調べておられるのかわからぬ。万が一のことがないように、陰ながら守ってやりたい」

応じた紀一郎に、千春がこたえた。

「わたしにできることがあったら、何なりといってください。このこと、さりげなく父上につたえておきたいのですが」

千春の父は、隣の屋敷の主、年番方与力中山甚右衛門《じんえもん》だった。紀一郎の上役でもある。

妻、静の急死で、男手一つで赤子の紀一郎の世話をやきながら勤めに励む弥兵衛に同情して、懇意にしていた口入れ屋を仲立ちしてくれた、いまは亡き中山左衛門は、甚右衛門の父であった。

「そうしてくれ。あらかじめ義父上の耳に入っていたら、おれも何かにつけて動きやすい」

「明日、話しておきます」

「頼む」

神妙な面持ちで見つめた紀一郎を、微笑《ほほえ》んだ千春が無言で見つめ返した。

四

翌朝、弥兵衛は茶屋の裏手で、濠《ほり》を背にして立っていた。

茶屋の向こうに北町奉行所が見える。

その奥に、定火消屋敷の火の見櫓《やぐら》が、さらに奥に千代田《ちよだ》の御城が、空を切って聳《そび》えていた。

岸辺に立った弥兵衛は、北町奉行所から火の見櫓、千代田城へと重なる景色をじっと見つめている。

飽きることのない、弥兵衛の好きな光景だった。

身じろぎもしない。

近寄ってくる足音がした。

目を向ける。

小走りにやってくる、啓太郎と半次の姿が目に映った。

「遅くなりました」

「申し訳ありません」

相次いで啓太郎と半次が声をかけてきた。

「早めにきていたんだ。遅れてはいない」

笑みをたたえて、弥兵衛がこたえた。

「親爺さんが、こっちを向いて待っているんで、遅れたかとおもいましたぜ」

半次が応じた。

「時が惜しい。昨日の聞き込みでつかんだことを話してくれ」

ちらり、と啓太郎が半次に目を走らせた。

黙って、半次がうなずく。

先に話していいか、と啓太郎が目で問いかけ、半次が了解した。弥兵衛は、ふたりの動きをみて、そう判じた。

口を開いたのは啓太郎だった。

「十人ほど聞き込んだんですが、十人とも、弦斎は分限者《ぶげんしゃ》相手の医者。貧乏人は診てくれない、といっていました。三十がらみの弟子が三人いて、この連中も弦斎顔負けの金の亡者。上から目線で貧乏人とみたら、冷たくあしらうそうです。昨日は、そんなところです」

つづいて半次が声を上げた。

「を組の権吉は強面《こわもて》の乱暴者で通っています。いつも大岩《おおいわ》という大男と、小男で狡《ずる》さが顔に滲み出ている小岩《こいわ》という弟分を連れているそうです。聞き込んだのは八人ほどですが、を組の頭《かしら》の評判も、よくありません。金持ちや大店《おおだな》の主人には媚《こ》びへつらい、並の連中には頭ごなしに威張り散らすそうです」

呆れたのか、眉をひそめて弥兵衛が吐き捨てた。

「頭がそんな調子なら、を組の火消たちもろくなもんじゃなさそうだな。火事場でちゃんと役に立っているともおもえないが」

「何なら、そこらへんの評判も聞き込んできましょうか。定火消のなかには、町火消のことに、やたらくわしい奴がいますんで」

身を乗り出した半次に、弥兵衛がこたえた。

「そうしてくれ。わしは、一芝居打った自身番にもう一度顔を出した。医者町仲間は弦斎と六庵という、ふたりの医者がつくった集まりだそうだ。を組の連中が手先になって、弦斎と六庵以外の医者の患者で、薬礼を払っていない者を見つけ出し、薬礼を取り立てているようだ、と家主や番人たちがいっていた」

「弦斎と六庵、を組の権吉に大岩、小岩。調べる相手がみえてきましたね」

訊いてきた啓太郎に、弥兵衛がいった。

「そうだな。わしは阿部川町の人別帳を扱っている正行寺《しょうぎょうじ》の住職、地主、家主たちに医者町仲間について聞き込みをかける。啓太郎は弦斎を、半次はを組を張り込んでくれ。見兼ねるようなことに出くわしても、手助けしてはいかん。見ているだけにするのだ」

渋面をつくって半次が口走った。

「つらいところですね。どうするかな」

うむ、と呻いて啓太郎がつぶやいた。

「ならぬ堪忍《かんにん》するが堪忍、ってとこですかね。心配だな」

厳しい口調で、弥兵衛が告げた。

「後々の調べにかかわる。くれぐれも気をつけてくれ」

上目使いで、渋々ふたりが小さく顎《あご》を引いた。

五

茶屋を出た弥兵衛たちは、こし屋橋のたもとで三方へ散った。

弥兵衛は妙円山正行寺へ向かう。


小半時（三十分）後、弥兵衛は正行寺の庫裏《くり》の一室にいた。

住職の雲然《うんねん》と向かい合っている。齢《よわい》六十は過ぎているとおもわれる雲然は、白髪の顎髭をたくわえた、小柄で痩身《そうしん》の、みるからに優しげな僧侶だった。

名主篤右衛門の仲立ち状に目を通した雲然は、弥兵衛に目を向けて声をかけてきた。

「何なりとお訊きください。知っていることはすべて話します」

仲立ち状には、かつて弥兵衛が北町奉行所与力であったことも記されている。

町人髷《まげ》に結い、楽隠居した百姓としか見えない弥兵衛が、何の用があって訪ねてきたのか、最初は訝しげな様子をみせた雲然だったが、仲立ち状を読んでからは礼を尽くした態度に変わっていた。

単刀直入に、弥兵衛が切り出す。

「医者町仲間という集まりについて知りたいのですが、噂を耳にしたことはありませんか」

「噂は聞いたことがあります。くわしいことはわかりません」

「そうですか。ところで、道庵先生が住まわれていた一帯の地主について教えていただきたいのですが」

「収蔵《しゅうぞう》さんです。訪ねられるのなら、どういけばいいか道順を絵図にしましょう」

「お願いします」

頭を下げた弥兵衛に、

「別間で描いてきます。お待ちください」

のっそりと雲然が立ち上がった。

絵図を受け取った弥兵衛は、雲然に別れを告げた。

正行寺から、地主の収蔵の屋敷までは目と鼻の隔たりだった。

玄関の前に立って声をかけると、下男が出てきた。

「名主の篤右衛門さんの仲立ち状を持参している。地主さんに取り次いでもらいたい」

というと、

「名主さまのお知り合いの方で。すぐ取り次ぎます」

いそいそと奥へ入って行った。

間をおくことなく、もどってきた下男が、

「部屋へご案内いたします」

愛想笑いをうかべながら、揉み手をした。

地主だけあって、収蔵は土地のことはよく知っていた。

ここでも仲立ち状の効能は絶大だった。

「医者町仲間について、何かご存知ですか」

と問いかけた弥兵衛に、すんなりと収蔵がこたえた。

「弦斎先生と質屋の備中屋《びっちゅう》がつくった集まりです」

弦斎と六庵がつくったと、自身番の家主から聞いていた弥兵衛は、驚きの目で収蔵を見つめた。

「質屋の備中屋？」

鸚鵡《おうむ》返しに訊く。

「江戸は、町人三百人にたいして質屋一店といわれるほど、質屋の数が多いところです。備中屋は、阿部川町では一番大きな店です。質屋は質入れする客が多いほど儲《もう》かる稼業。満足に薬礼を払えない病人、怪我人たちに厳しい取り立てをかければ、質草になりそうな品を持っている者は、質屋にその品を持ち込んで、薬礼を払おうとするでしょう」

「たぶん、そうでしょう。町人たちが手っ取り早く金を借りることができる先は、質屋しかない。両替屋は、長屋住まいの貧乏人など相手にしませんからね」

「医者と質屋が、自分たちの儲けを守るためにつくった集まり。それが、医者町仲間です。金持ちだけを相手にするのではなく、確実に薬礼を取り立てることができれば、貧乏人も診るほうが金儲けできます」

「たしかに」

応じた弥兵衛は、

（効率よく儲けるためには、あるとき払いの催促《さいそく》なし、で患者を診る医者がいなくなったほうがいいわけだ。それで道庵たちに、嫌がらせを仕掛けつづけたのか）

そう胸中でつぶやいていた。

地主の屋敷を後にした弥兵衛は、

（備中屋のこと、とことん調べねばなるまい。さて、どうするか）

思案しながら、歩を運んでいる。

六

啓太郎は弦斎の診療所を兼ねた住まいを張り込んでいる。

瓦《かわら》屋根の木戸門の両扉は開け放たれていた。

その奥に、診療所に入る式台つきの玄関が見える。

五百坪ほどの敷地のなかに、豪壮なつくりの診療所と弦斎の住まいが、それぞれ別棟で建てられていた。

（金持ち相手の医者としか見えない造り。これじゃ懐の寂しい連中は、入る前に足がすくむぜ）

そう思いながら啓太郎は、通りをはさんで向かい側にある町家の外壁に身を寄せてしゃがんでいる。

そろそろ昼になるが、いままで患者は大店の主人風や、豪農の隠居らしき老爺《ろうや》、大身の旗本とおぼしき三人だけだった。いずれも供を連れ、駕籠《かご》に乗ってきた。

よほど金払いのいい客なのか、診療を終えて帰る患者たちを、三人の弟子とともに弦斎自らが見送りに出てきた。

五十がらみで白髪頭、すべてが小作りの目立たない顔立ちの、中肉中背の男だった。

（往診に出かけるにしても、昼飯を食ってからだろう。腹が減った。近くの蕎麦《そば》屋で蒸籠《せいろ》でも食ってくるか）

背伸びした啓太郎が立ち上がったとき、走ってくる足音が聞こえた。

通りに目を向けると、幼子を抱えた、粗末な身なりの三十前とおぼしき女が走ってくる。幼子は出で立ちからみて、男の子と思われた。女は長屋住まいの、若い嬶《かかあ》だろう。

血相が変わっていた。

無理もなかった。抱いた幼子の右腕が、だらりと垂れ下がっている。腕の骨が折れているに違いない。

女は躊躇《ちゅうちょ》することなく、弦斎の診療所に駆け込んだ。

式台の前で足を止め、奥へ呼びかける。

「坊やが木から落ちて、右腕が動かない。診てください。お願い」

出てきたのは、最も年嵩《としかさ》に見える弟子だった。でっぷりと肥っている、相撲取りのような大男であった。

「お願い。すぐ診てください」

上から下まで品定めをするように女を見つめた弟子が、冷ややかに訊いた。

「薬礼は先払いというのが、当家のきまりだ。預かり金として二分、出してもらおう」

手を開いて、女の眼前に突き出した。

「そんな。いま、そんな金、ありません。必ず払います。だから、助けて」

「払えないのなら、帰ってくれ」

犬でも追い払うように、差し出していた手を前後に振った。

「何もしなければ、この子の腕は動かなくなります。助けてください。お慈悲を。頼みます」

「きまりにそむくことはできぬ。帰れ。叩き出すぞ」

「お願い、頼みます」

懇願して女が身を乗り出した。

「何てことしやがる」

顔をしかめた啓太郎は、おもわずつぶやいていた。

飛びだそうとして、動きを止める。

(手を出しちゃいけねえんだ。くそっ、見てられねえ)

奥歯を嚙みしめて、瞠目《どうもく》する。

女の襟首を摑んだ弟子が、女を吊り上げるようにしてひきずり、門の外へ突き飛ばした。

転がりそうになった女が、よろけながらも踏みとどまる。

その腕は、幼子をしっかり抱きしめていた。

痛みに、それまでぐったりしていた幼子が、突然泣き出す。

「この子を助けて。お願い。頼みます」

再び門内へ入ろうとする女の前に、左右に大きく両手を広げて、弟子が立ち塞がった。

女に向かって、相撲の突っ張りよろしく、左右の手を交互に突き出し、女をはじき飛ばそうとする。

怯《おび》えたのか、女が後退《あとずさ》りした。

「失せろ」

弟子が一喝した。

幼子が、さらにはげしく泣き出す。

顔を歪《ゆが》めた女が、ことばにならない悲痛な叫び声を上げるや、弟子に背中を向けた。

悄然《しょうぜん》と歩き出す。

薄ら笑いを浮かべた弟子が、踵《きびす》を返した。

ちらり、と女に目を走らせた啓太郎が、再び弦斎の住まいを見つめる。

（張り込みをつづけるか。それとも、女をつけるか）

迷ったのは一瞬だった。

（弟子は式台へ向かっている。たぶん振り向かないだろう。張り込みに気づかれることはない。万が一、気づかれても何とかなる。決めた）

判じた啓太郎は、女をつけるべく潜《ひそ》んでいたところから通りへ出た。

七

がっちりした体格、四角い顔形、げじげじ眉でぎょろ目、分厚い大きな唇。聞き込みどおりの権吉の顔立ちだった。

背の高い痩身の大岩と、ちびで小肥りの小岩を引き連れて。権吉が歩いていく。を組を張り込んでいた半次は、ほどよい隔たりをおいて、権吉たちをつけていた。を組の頭富九郎《とみくろう》の住まいに、権吉たちも、ほかの火消人足たちとともに住み込んでいる。

昼過ぎまでは何の動きもなかった。

を組にくる途中にあった、一膳飯屋に立ち寄って買い求めた握り飯二個を、身を潜めている町家の外壁にへばりつくようにして食べ終わったとき、を組から権吉たちが出てきた。

権吉は爪楊枝《つまようじ》をくわえている。おそらく昼飯をすませてから出てきたのだろう。気づかれぬように間合いを計って、半次は通りへ出た。

それから、ずっとつけつづけている。

権吉たちが尾行に気づいた様子はなかった。

行く先が決まっているらしく、権吉たちは歩調をゆるめない。

とある裏長屋の路地木戸をくぐった権吉たちは、手前の家には見向きもせず、一番奥の家まで歩みをすすめた。

表戸の前に立った権吉が、いきなりわめいた。

「薬礼の取り立てにきた。二日待ってやった。今日は払ってもらうぞ」

表戸に大岩が手をかけた。

引いたが、つっかい棒がかけてあるのか、びくともしない、

大岩が表戸を揺すった。

さらに大きな声で、権吉が吠《ほ》え立てる。

「出てこい。開けないと表戸を蹴り倒すぞ」

つっかい棒が外されたらしく、派手な音をたてて大岩が表戸を開けた。

まず大岩、小岩がなかへ飛び込み、ゆったりとした足取りで権吉が入っていった。

路地木戸に身を寄せた半次が、権吉たちが入った住まいに目を注いでいる。

（ひでえ奴らだ。あれじゃ質《たち》の悪い高利貸しのやり口と同じじゃねえか。火消の面汚しめ）

胸中でののしったとき、甲高い女の声が響いた。

「何するんだい。怪我人で寝たきりの亭主の布団まで剝《は》ぐのかい」

つづいて別の女の声が聞こえた。まるで悲鳴のようだった。

「お父っつぁんは腕のいい大工なんだ。怪我が治ったら、薬礼なんか、すぐに払えるよ」

「いつ動けるんだ。当分の間、稼ぎに出られないだろうが。立ってみろ、この野郎」

権吉の声が聞こえた。

「痛たたたたっ。蹴るな。勘弁してくれ」

男の苦しげな声が上がった。

権吉が、さらにわめく。

「二日前に取り立てにきたときに、今度きたときは薬礼のかたに娘を連れていく。娘の躰を薬礼に変える。そう約束したよな。約束守れよ、この野郎」

「痛い。そんな約束してねえ。おめえたちが、帰り際に勝手にわめき散らしていっただけだ。痛ててて。苦しい」

「やめて。お父っつぁんが死んじゃう」

「首を絞めないで。手を離して」

娘と嬶の、叫び声が重なる。

その声が長屋中に響いているはずなのに、店子たちが表へ出てくる気配はなかった。

いつの間にか、半次は路地木戸の前に立ち、姿をさらしていた。

(長屋の連中が助けに出てこない。薄情者が揃ってらあ。それにしても権吉たち、とんでもねえ奴らだ。とっちめてやる)

腕まくりした半次が、一歩足を踏み出す。

すぐに立ち止まり、奥歯を嚙みしめた。

「ならぬ堪忍するが堪忍、だ。くそ、親爺さんと約束した。約束したんだ。見張るだけ。ただそれだけだ」

呻くように口走った半次の、握りしめた拳《こぶし》が小刻みに震えている。

第三章　三人寄れば公界《くがい》

一

「薬礼を払えないのなら、娘を連れていくだけだ」

吠える権吉の声にかぶって、娘の叫び声が響いた。

「何するの。やめて」

娘の手をつかんだ大岩が、家から引きずり出す。

つづいて、権吉と小岩が出てきた。

「待って。払います。これで払います」

後を追って嬶《かかあ》が飛び出してくる。

しがみついた嬶が、握りしめた簪《かんざし》を権吉に掲《かか》げて見せた。

「芸者の頃に使っていた、値打ち物の銀の簪だよ。大事にとっておいた思い出のお宝だけど、もういい。この簪を質屋に入れて、薬礼を払う。だから、娘を放しておくれ」

簪に目を向けて、権吉がつぶやいた。

「金になりそうな代物だな」

薄ら笑いを浮かべて、ことばを継いだ。

「質屋の備中屋さんへ行く。一緒にこい」

「行く。もちろん行くよ。薬礼の手当さえつけば、娘に用はないだろう。娘を放しておくれ」

「こう見えても、俺は情け深い男だ。その簪、薬礼の足しにはなるだろう。娘は放してやる」

見やって、呼びかけた。

「大岩」

「わかりやした」

応じた大岩が、

「行きたいところへ行け」

娘の手を離す。

「おっ母さん」

声をかけた娘が、家のなかへ逃げ込む。

表戸が閉められた。

「行くぜ」

顎をしゃくって歩き出した権吉に、嬶がならった。

大岩、小岩がつづく。

嬶を取り囲んで、権吉たちが歩みをすすめる。

気づかれないほどの隔たりを保って、半次がつけていった。

二

とぼとぼと力ない足取りで、幼子を抱いた女が裏長屋の路地木戸をくぐった。

泣き疲れたのか、幼子はぐったりしている。

つけてきた啓太郎は、手を上げて呼びかけようとした。

が、声を発することはなかった。

迷っている。

女が、自分の住まいの表戸を開けて、入っていった。

見届けた啓太郎は、懐から巾着《きんちゃく》をとりだした。

逆さにして、なかみを左掌で受け止める。

鐚銭《びたせん》だけだった。

「十六文か。弦斎に診てもらうには少なすぎる」

溜め息まじりに啓太郎がつぶやいた。

首をひねる。

いい知恵が湧いたのか、大きくうなずいた。

裏長屋に背を向けるや、走り出した。

向かった先は、道庵が引っ越し支度をしていた一角だった。啓太郎は半次とともに弥兵衛をつけ、その場所は知っている。

駆けつづけてきた啓太郎は、引っ越し荷物を積んだ大八車が置いてあったあたりで足を止めた。

周りを見渡す。

と、道庵が住んでいた町家の隣りの家から、白髪頭の小柄な老爺が出てきた。

小走りに、啓太郎が近寄る。

「道庵先生の引っ越し先を知ってるかい」

「知ってるよ」

得意げに老爺がこたえた。

「教えてくれないか」

両手を合わせて、啓太郎が拝む格好をした。

「どこか悪いのかね」

老爺が訊いてきた。

「知り合いの幼い子が、大怪我をしたんだ。弦斎に診てもらおうと、野郎のところに駆け込んだんだが、けんもほろろに追っ払われた。腕の骨が折れているのか、だらりと垂れ下がっている。道庵先生なら診てくれるとおもってね。引っ越し先を知っている人がいるかもしれない、とやってきたんだよ」

真剣な顔をして、老爺が問いを重ねた。

「そいつは大変だ。字は読めるか」

「読める」

　こたえた啓太郎に老爺がいった。

「道庵先生が書いてくれた、引っ越し先の所を記した書付がある。書き写してくる。待っていてくれ」

「ありがてえ。恩にきる」

　頭を下げた啓太郎に、

「困ったときは、お互いさまだ。いいってことよ」

　笑みを浮かべた老爺が、いそいそと住まいへ入って行った。

三

　裏長屋の、女が入っていった家の表戸の前に、啓太郎は立っている。

　なかへ向かって声をかけた。

「道庵先生の引っ越し先を知っている。案内してもいいぜ」

　その呼びかけに、土間に降りる足音がした。

なかから表戸が開く。

女が怪訝《けげん》そうな顔をした。

「おまえさん、どこの誰なんだい」

「啓太郎というよそ者だ。たまたま弦斎の家の前を通りかかったら、おまえさんが断られるところを見た。あんまりひどいあしらいだったんで、気の毒におもって跡をつけたんだ」

「それで、ここがわかったんだね」

こころなしか、女の声音が和らいだように感じられた。

啓太郎が応じる。

「そうだ。道庵先生の引っ越し先を知っている人に心当たりがあったんで、訊きにいった。字を読めるかい」

「少しは」

「なら、これを見てくれ」

と、懐から二つ折りした書付を取り出した啓太郎が、開いて女の前に差し出した。

「引っ越し先は久右ヱ門町の新《あたら》シ橋のたもと近くだ。初めて会ったおまえさんとおれだ。信用しろといっても無理だろう。おれを信用できなかったら、この控えはおまえさんに渡す。ひとりで行ったらいい」

女が、書付に書かれた文字を目で追っている。

顔を上げて、啓太郎に話しかけた。

「わかりました。親切に甘えます」

かたくこわばった表情のまま、女が頭を下げた。


幼子を抱いた女と啓太郎が、河岸道をやってくる。

行く手に神田川に架かる新シ橋が見えた。

新シ橋のたもとから数軒手前の二階家の前で、啓太郎が足を止める。

つられたように女も立ち止まった。

啓太郎が懐から、所を控えた書付を取り出して見つめた。

顔を上げ、連なる町家に目を走らせる。

再び、目の前の町家を見やって、啓太郎がつぶやいた。

「ここだ」

表戸の前まで歩を運んで、啓太郎が声をかける。

「道庵先生、阿部川町からきました。知り合いの幼い子が大怪我をして、大変です。

弦斎からけんもほろろに断られました。たすけてください。道庵先生だけが頼りです。お願いします」

土間を横切る足音がして、なかから表戸が開けられた。

顔をのぞかせて、道庵がいった。

「まだ荷物が片付いていない。散らかっているが、診ることはできる」

ちらり、とぐったりとしている幼子の、だらりと垂れた腕に目を走らせて、ことばを重ねた。

「腕が折れている。早く入りなさい」

表戸を大きく開けた。

「先に行きな」

女に声をかけた啓太郎が、入りやすいように躰《からだ》をずらした。

「すみません。ありがとうございます」

頭をさげた女が、啓太郎の脇をすり抜けるようにして足を踏み入れた。

四

質屋に客が持ち込んだ品物を、質草という。質草を安値で担保にとって、金を貸すのが質屋の商売だった。

借主が返済期限までに金を返すか、利息を払わなければ、質屋は担保の品を売却して利益を得る。

質に入れてはならないと決められている品物があった。徳川将軍家、尾張《おわり》、紀伊《きい》、水戸《みと》の御三家、各大名家の紋所のある品物、武具、鎧兜《よろいかぶと》、たとえば長持などの旗本の家紋が入った品、金銀や豪華な物などは、質入れ禁止の品とされた。

また刀を質草として預かるときは、縁頭《ふちがしら》の材質と彫り、目貫《めぬき》、刀身、鞘《さや》の模様などを、預帳に詳細に書き留めなければならなかった。

宿場町の駕籠《かご》舁きのふんどしや職人の月代《さかやき》も、質草になった。質に入れた場合は、請け出すまで新しいふんどしを締めることはできない、と駕籠舁き仲間の仁義で決められていた。月代も、職人仲間の不文律の掟《おきて》で、質に入れた月代を請け出すまで月代を剃《そ》ってはならないとされていた。

粋を生きざまの拠《よ》り所《どころ》として、月代の剃り方にも工夫をこらした江戸の職人にとって、手入れしていない月代のままでいなければならないということは笑い者にされても仕方のない、屈辱以外の何物でもなかった。

質屋の備中屋を見張ることができる、通りをはさんで向かい側の通り抜けに、半次は潜んでいた。

凝然と見つめている。

入っていった権吉たちを待っていた。

すでに小半時（三十分）近く過ぎ去っている。

一瞬、半次の目が細められた。

突き出されたのか、よろけながら嬶が出てきた。

つづいて大岩が、さらに小岩が現れ、最後に何かを握った拳を耳のそばで振りながら、権吉が出てきた。

足を止めた権吉が、拳の動きを止めた。

つられたように嬶たちが立ち止まる。

懐からとり出した巾着に、拳に握っていた銭を押し入れながら、権吉がふてぶてしい笑みを浮かべた。

前に出た権吉が、嬶の顎をつかむ。

怯《おび》えた嬶が、権吉から逃れようともがいた。

つかんだ手に力を込めたのか、嬶が苦痛に顔を歪《ゆが》める。

凄《すご》んだ目つきで権吉が吠えた。

「今日のところは勘弁してやる。だが、まだ薬礼は残っている。十日後にまたくる。そのときに残りを払え。払えなかったら、娘の躰を金に変えるぞ。そこそこの器量だ。いい値がつくぜ」

潜んでいる場所まではっきりと聞こえる、大きな声だった。

（どこまで根性が腐っているのか。とても火消とはおもえねえ。破落戸《ごろつき》め、情け知らずにもほどがあるぜ）

胸中で呻いた半次は、権吉の一挙手一投足に目を注いだ。

つかんでいた手を権吉が離した。

溜まっていたものを一気に吐き出すように、嬶が叫んだ。

「それだけは勘弁しておくれ。あの子は、娘は、あたしの大切な宝物なんだ。何でもする。だから、あの子には手を出さないで。お願いだよ」


嬶の声音に悲痛なおもいが籠もっていた。

下唇を嚙んだ半次は、おもわず目を瞑《つむ》った。

「おっ母あの、あれが、おっ母あの、真情なんだ。おっ母さん」

おもわず声に出していた。

五

備中屋の前で嬶と別れた権吉は、大岩、小岩を引き連れて歩き出した。

一度も後ろを振り向かない。

つけていく半次には、まったく気づいていなかった。

行き着いた先は、別の裏長屋だった。

大胆にも、半次は路地木戸の前に立って、権吉たちを眺めている。

自分から仕掛けることはないが、権吉たちがからんできたら好都合、いつでもやりあうつもりでいた。

　突き当たりに井戸がある。

　井戸近くの住まいの前に立って、権吉が怒鳴った。

「払っていない臥雲《がうん》先生の薬礼を、取り立てにきた。出てこい」

「表戸を開けろ」

「戸を叩き壊すぞ」

　相次いで、大岩と小岩がわめく。

　なかから表戸が開けられ、おずおずと老婆が顔を出した。

　なかに入れたくないのか、外へ出て表戸を閉める。

　あちこちが継ぎだらけの粗末な身なりをしていた。

　貧しい暮らしぶりだということが、一目見ただけでわかる。

　見下ろして権吉が訊いた。

「婆さん、独り暮らしか。どこかに身寄りがいるんだろう」

「いないよ。おっ死んだら無縁仏で葬《ほうむ》られる口さ」

　薄ら笑いを浮かべて権吉がいった。

「口が達者だな、婆《ばばあ》。薬礼を払いな」

襟元をつかんだ。

小柄な老婆が吊り上げられ、爪先立ちになった。

金壺眼《かなつぼまなこ》を大きく見開いて、権吉を睨みつける。

「臥雲先生とは、あるとき払いの催促なし、という話になっているんだ。先生が怪我をして寝込んでいると聞いたけど、大丈夫なのかい、先生は」

「人の怪我の心配をするのは、薬礼を払ってからにしな。わかったか、婆」

凄みをきかせた権吉の怒鳴り声に、老婆が怯えて首をすくめた。

握りしめていた拳を、権吉の眼前に持っていき、開く。

掌には、鐚銭が十数枚、載っていた。

「いまは、これしかない。勘弁してくださいな」

爪先立ちのまま、老婆が頭を下げた。

襟から手を離した権吉が、老婆の手をひねり、自分の掌を受け皿代わりにして受け取る。

掌の鐚銭を見て、権吉が舌を鳴らした。

「十八文か。暮らしぶりからみて、仕方がねえな。婆じゃ岡場所にも売れねえ」

腹立たしげに老婆を突き飛ばす。

悲鳴を上げた老婆が、堪《こら》えきれずによろけて尻餅《しりもち》をついた。

「何するんだよ。痛いじゃないか」

半べそをかいているのか、顔をくしゃくしゃに歪めて、老婆が弱々しい声で文句をいう。

「一丁前の口をきくんじゃねえ。十日後にまたくる。それまでに薬礼を用意しとけ。全部取り立てるまで、何度でもくるからな」

へたりこんでいる老婆に唾を吐きかけた。

懐から巾着を取り出した権吉が、銭を放り込むや老婆に背中を向ける。

「行くぜ」

声をかけて権吉が歩き出す。大岩、小岩がつづいた。

怒りを抑え込み、するが堪忍の心境になったのか、路地木戸の脇に立った半次が横を向いて権吉たちをやりすごす。

歩き去る権吉たちに気づかれないほどの隔たりをおいて、半次が一歩足を踏み出した。

六

翌朝、弥兵衛は勝手の土間で、茶屋へ出かける支度をしていた。

そこへ、突然、半次と啓太郎が訪ねてきた。

ふたりは屋敷の前で出くわしたという。

驚く弥兵衛に、啓太郎が話しかけてきた。

「昨日、大変なことが起きました。朝一番につたえるべきだとおもったんできました」

待ちかねたように半次が口を開いた。

「昨日は我慢の緒が切れかかりましたぜ」

「わかった。少し待ってくれ」

振り向いて、出かけるつもりでいるお松とお加代に告げた。

「先に行ってくれ。今日は、茶屋には行けない」

ふたりが顔を見合わせた。

お松が訊く。

「景勝餅は、今日から品切れということにしておきますか」

渋面をつくって、弥兵衛がこたえた。

「そうだな。評判もいいし、できれば作りたいが、どうなるか」

うむ、と首をひねって、ことばを重ねた。

「お松の言うとおり、景勝餅は品切れ、ということにしておくほうが無難だろう。そうしてくれ」

「わかりました」

「見世を頼む」

無言で微笑んだお松が、振り返って声をかけた。

「お加代ちゃん、行こう」

「そうですね」

ちらり、と啓太郎と半次を見やったお加代が、勘定帳などを入れた風呂敷包みを抱えて歩き出したお松につづいた。

ふたりが裏戸から出て行くのを見届けて、板敷の上がり端に腰をかけている啓太郎と半次に弥兵衛が声をかけた。

「昨日の探索の結果を話してくれ」

ふたりの隣りに弥兵衛が腰を下ろした。

「それじゃ、おれから」

と啓太郎が口を開いた。

弦斎のところに駆け込んできて、けんもほろろに追い出された母子をつけたこと、道庵の引っ越し先を隣人だった老爺から聞き出し、母子の住む裏長屋へもどって道庵のところへ連れていったことなどを、憤《いきどお》りをこめて一気に話した後、

「道庵先生が母親に、明日もきてくれ。折れた腕の経過を診《み》たい、といってくれました」

と告げた。

「いいことをしたな」

と弥兵衛が微笑む。

啓太郎が、はにかんだような笑みを浮かべた。

「を組の権吉は、とんでもねえ悪党ですぜ」

声を上げた半次が、権吉と弟分の大岩、小岩たちは、薬礼を取り立てにいった大怪我をして寝込んでいる、裏長屋に住む大工の娘を岡場所に売ろうとしていること、大工の女房が思い出のこもった簪を、権吉が連れて行った質屋の備中屋で金に変え、

薬礼の一部を払ったこと、備中屋で女房と別れた後、権吉は別の裏長屋へ向かい、その日暮らしとおもわれる老婆から薬礼の一部を取り立てたこと、あろうことか払いの悪い老婆を突き倒し、唾まで吐きかけたこと、それぞれに十日後に残りを取り立てにくる、と言いおいて去ったことなどを話して聞かせた後、弥兵衛にいった。

「まったく高利貸しのあくどい取り立てと同じようなもので、我慢するのに苦労しましたぜ。権吉たちは恥知らずだ。同業の火消仲間とはおもいたくもねえ。とっちめてやりたい気分で」

聞き入っていた弥兵衛が、ふたりを見やって告げた。

「権吉たちが大工の女房を連れて行った備中屋だが、わしが土地の地主から聞き込んだところによると、弦斎とつるんで医者町仲間をつくった相棒だそうだ」

「ほんとですかい」

「調べる先が一カ所増えましたね」

相次いで半次と啓太郎がこたえた。

弥兵衛が応じた。

「まだ医者町仲間の実体が見えない。しばらくの間、探る相手に気づかれぬように動こう」

顔を向けて、弥兵衛がことばを継いだ。

「半次。今日は備中屋を張り込んでくれ。どんなことが起きても、見張るだけにするんだぞ」

「わかりました」

不満なのか、突《つ》っ慳貪《けんどん》に半次がこたえた。

視線を移して、啓太郎に告げた。

「わしも道庵さんに会いたい。一緒に行ってくれ。医者町仲間について、新しいことが聞き込めるかもしれない」

「親爺さんに会ってもらうと、道庵先生と話がしやすくなります。案内します」

無言でうなずいた弥兵衛が、懐から巾着を取り出した。

一分銀二枚を抜き取った弥兵衛が、

「少ないが、探索のかかりとして使ってくれ。一分銀一枚を、それぞれに渡しておく」

一枚ずつ半次と啓太郎に手渡す。

掌に受けた啓太郎が、

「使わせてもらいます」

といい、押し頂くようにしてもらった半次が、

「ありがたいかぎりで」

恐縮した様子で、それぞれが懐から抜き出した巾着に一分銀をしまい込んだ。

「出かけよう」

笑みをたたえて、弥兵衛が声をかけた。

七

神田川沿いの道に面した道庵の住まいの前に、弥兵衛と啓太郎は立っている。

「道庵先生、いらっしゃいますか」

呼びかけた啓太郎に道庵の声が応じた。

「入ってくれ」

「入ります」

こたえて、啓太郎が表戸を開けた。

先に啓太郎、つづいて弥兵衛が足を踏み入れる。

玄関脇の部屋から廊下に出てきた道庵が、啓太郎に目を向けた。

「昨日の、やけに親切な遊び人か。まだ腕を折った子と母親はきていないぞ」

「今日は、道庵先生に是非会いたいという人を連れてきました」

わきから弥兵衛が声を上げた。

「弥兵衛です。あのときはお世話になりました」

顔を見て、道庵が微笑んだ。

「どこかで見た顔だとおもったが、引っ越しの最中にやってきた腹痛の爺さんか。

昼間は、手当部屋に詰めることにしている。そこでよければ上がってくれ。ただし患者がきたら、退座してくれ。診終わったら、話をつづけてもいい」

「かまいません。上がらせてもらいます」

踏み石に弥兵衛が足をかけた。


手渡された篤右衛門の仲立ち状に、道庵が目を通している。

向かい合って弥兵衛が座っていた。斜め脇に啓太郎が控えている。

読み終えた仲立ち状を、道庵が封紙に包んだ。

「名主さんの仲立ち状、読ませてもらいました」

封書を弥兵衛に差し出しながら、道庵が笑みをたたえて話しかけた。

「こう申しては何だが、北町奉行所の与力だったとは、とても思えませんな。茶屋の主人になりきっておられる」

「いまの私は、茶屋の親爺です。そう見えないと、商いをしにくくなる」

「たしかに。今日は何の用で」

訊いてきた道庵に、弥兵衛が告げた。

「お節介焼きの性分でして。茶屋で医者町仲間の話を聞き込んで、調べてみる気になりました」

控える啓太郎を視線で示して、ことばを継いだ。

「ここにいる啓太郎ともうひとり、半次という若い衆に調べを手伝ってもらっています」

微笑んで啓太郎が頭を下げた。

道庵が笑みを返す。

「先生に頼みたいことがあるんですが」

切り出した弥兵衛に、

「わしに頼み？」

と、道庵が鸚鵡《おうむ》返しをした。

「弦斎たち医者町仲間の連中から邪険に扱われている、貧乏な病人や怪我人たちを見かけたら、連れてきてもいいですか」

「どんどん連れてきてくれ。大歓迎だ」

こたえた道庵が、眉をひそめてつづけた。

「ただし、わしが貧乏人たちを診ていることを聞きつけて、を組の連中が乗り込んでくるかもしれない。そんなときに備えて、わしの身を守ってくれる手立てを考えてもらいたい」

「用心棒ですか」

首を傾げて弥兵衛が黙り込んだ。

わきから啓太郎が声を上げた。

「おれが引き受けます。無外流皆伝の、腕の見せ所だ」

「おまえさん、無外流皆伝の腕前か。人は見かけによらないねえ」

驚嘆したのか、道庵がしげしげと啓太郎を見つめた。

話を断ち切るように、弥兵衛が声を上げた。

「それは駄目だ。啓太郎には、阿部川町中の裏長屋を訪ねて『道庵先生があるとき払いで、病人、怪我人を診てくれる。先生は久右ヱ門町にいる。所を知りたければ、おれが教える』と触れ回ってもらわなきゃいけない」

道庵を見つめて、弥兵衛がことばを重ねた。

「一晩、手立てを考えます。どうするか、明日話しましょう」

不安げに顔を曇らせながら、道庵が応じた。

「それだけが心配なんだ。臥雲さんのように、乱暴されたあげく、動くのもままならないような有様になったら立ち直れなくなるからね。どんなめにあったか、臥雲に直接訊いてみたらどうだい。奴らのやり口がよくわかる」

「そうします。先生は、阿部川町の貧乏人が病にかかったり、怪我をしたりしたときの唯一の守り神です。先生の身は、どんな手立てをとっても守り抜きます。まかせてください」

きっぱりと、弥兵衛が言い切った。

第四章　朝題目に宵念仏

一

備中屋を見張る半次は、大岩、小岩を引き連れた権吉の働きぶりに驚いていた。

まだ昼前だというのに、手に質入れする品を包んだ風呂敷を抱えた男と女を連れて、備中屋に二度も顔を出したのだ。

身なりからみて、あきらかに貧乏人としか見えないふたりだった。

最初は四十がらみの職人風の男、ふたりめは五十半ばの女であった。

備中屋から出てきたときの様子は、ふたりとも酷似していた。

いずれも、十日後に残りの分を取り立てに行く、と催促されている。

備中屋にくる途中、半次は通り道にある一膳飯屋で、昼飯にする握り飯二個を買い求めた。

張り込んでいる通り抜けで、半次がその握り飯を食い終えた頃、昼八つ（午後二時）の時鐘が鳴り始めた。

鳴り終わったとき、権吉たちが今日三人目になる二十前の若い娘を連れてやってきた。

風呂敷包みは持っていなかったが、娘は髷《まげ》に銀の簪《かんざし》を挿《さ》していた。

娘と権吉たちが備中屋に入っていく。

小半時（三十分）ほどして、権吉を先頭に娘を挟むようにして大岩、小岩が店から出てきた。

娘の髷から簪が消えている。

悄然《しょうぜん》としていた。

立ち止まった権吉が、娘を振り返る。

備中屋の店の前で立ち話をするとき、権吉はいつも、そこら中に聞こえるような大声を出す。

相手を威圧し、周りに聞かれているという恥ずかしさと屈辱感を与えるためにやっていることだ、と半次は推量していた。

「今日、残りの薬礼をすべて払う約束だったんだぜ。三日先延ばししても、どうにもならないんじゃねえのかい」

必死の形相《ぎょうそう》で娘が哀願する。

「三日後に、必ず払います。だから、あたしの躰《からだ》を質入れするなんて話はなしにしてください。お願いします。証文を破ってください」

せせら笑って権吉がいった。

「約束を守れなかったから、備中屋さんに頼んで、払えないときはおまえの躰を質入れするという証文をつくったんだ。三日後に払えば、証文は役立たずの、ただの紙切れになっちまう。払ってくれりゃ、いいんだよ」

「払えないときは、どうなるんです」

「躰を質に入れるだけさ。備中屋か、備中屋が仲立ちするどこかの店で下働きでもして稼ぐんだな。稼ぎが悪くて、質流れになったら、備中屋さんがどうするか決めるだろう。おれには、かかわりのない話だ」

「そんな、かかわりがないなんて」

悔《くや》しげに下唇を噛んで、娘がうつむく。

「ここで別れよう。言っとくが、おれたちは臥雲先生に頼まれてやっているだけのことだ。恨《うら》むんだったら、臥雲先生を恨むんだな」

含み笑った権吉が、

「ここで別れるぜ」

娘にいい、視線を大岩と小岩に移した。

「行くぞ」

声をかけて歩き出す。

無言でうなずき、大岩と小岩がつづいた。

溜め息をついた娘が、権吉たちとは逆の方向へ足を踏み出す。

娘を見つめていた半次が、うむ、と大きく顎を引いて、通りへ歩みをすすめた。

重い足取りで歩いて行く娘を、見え隠れに半次がつけていく。

二

道庵の住まいを後にして、少し行ったところで弥兵衛が足を止めた。啓太郎も立ち止まる。

弥兵衛が声をかけた。

「遊び人仲間の勇吉に、探索を手伝ってくれるように頼んでくれないか。阿部川町の裏長屋に『道庵先生が、あるとき払いの催促なしで病や怪我を診てくれる』と、ひとりで触れ回るより、ふたりのほうが早いだろう」

「わかりました。明日にでも勇吉に会いに行きます」

こたえた啓太郎に、弥兵衛が告げた。

「いや、今日のうちに、勇吉につなぎをつけてくれ。わしは、これから弦斎を張り込む。住まいへ行く道順を教えてほしい」

「地面に、道筋の絵図を描きます」

啓太郎がしゃがんだ。

傍《かたわ》らに、弥兵衛もしゃがみ込む。

「ここから弦斎のところに行くには」

説明しながら、啓太郎が地面に指で絵図を描きはじめた。

その指の動きを、弥兵衛が食い入るような目で見つめている。

三

教えてもらった弦斎の住まいには、迷うことなく着いた。

人の出入りを見張ることができる町家の外壁に、弥兵衛は身を寄せて立っている。

張り込んで半時（一時間）ほどして、なかから駕籠《かご》が出てきた、駕籠の両脇に薬箱を抱えた弟子が付き添っている。ひとりは相撲取りのような、巨体の男だった。啓太郎が話していた、骨折した幼子を抱えて駆け込んできた母親を、邪険に追い返した弟子に違いない。

様子からみて、駕籠には往診に出かける弦斎が乗っているのだろう。

駕籠が尾行に気づかないほどの隔たりに達したのを見計らって、弥兵衛は通りへ歩み出た。

町家の軒下沿いにつけていく。

米問屋〈常州屋〉の前で、駕籠が止まり、地面に置かれた。

付き添っていた弟子のひとりが、草履《ぞうり》を揃えて駕籠のそばに置く。

駕籠から降り立ったのは、五十がらみの男だった。

店から番頭とおぼしき男が手代数人とともに出てきて、丁重になかへ招じ入れる。

向かい側の町家の前に、弥兵衛は立っていた。

じっと見つめている。

（常州屋の奉公人の動きから判じて、弦斎に違いない）

胸中でそうつぶやいた弥兵衛は、張り込む場所を求めて、ぐるりに目を走らせた。


半時ほどで、弦斎は常州屋から出てきた。

番頭たちに見送られて、駕籠に乗り込む。

駕籠が遠ざかり、番頭たちが店に入るのを見届けて、弥兵衛は張り込むため身を潜《ひそ》めていた町家の外壁から離れた。

すすんでいく駕籠を見据えた弥兵衛が、つけるべく歩を移した。

次に弦斎が着いた先は、備中屋だった。

店の前で駕籠が下ろされ、降り立った弦斎が弟子とともになかに入っていく。

つけてきた弥兵衛が足を止め、張り込んでいる半次の姿を求めて、あたりを見渡した。

通りへ出てきた半次が、弥兵衛に近づいてくる。

気づいた弥兵衛も歩み寄った。

声をかける。

「張り込んでいた場所で話そう」

うなずいた半次が、踵《きびす》を返す。

周りに警戒の視線を走らせながら、弥兵衛がつづいた。


身を潜めていた場所にもどった半次は、弥兵衛がそばにくるなり話しかけてきた。

「を組の権吉たちが、薬礼を払っていない連中を四人も、なけなしの品を質入れさせるために備中屋に連れてきましたぜ。そのうちのひとり、二十歳前の娘は、躰を質入れするとの証文を書かされたようです」

「娘の躰を質草にしたのか。何て奴らだ」

呻いた弥兵衛が、ぼそりとつぶやいた。

「しかし、御法度では、娘の躰を質草にすることを禁じていない。質屋と本人が納得ずくの話なら、取り締まるわけにもいかぬ」

「そんなものですか。御法度も、穴だらけなんですね」

「ま、そうだな」

苦笑いをした弥兵衛に、半次が申し訳なさそうに告げた。

「親爺さんに、謝らなきゃいけないことがあるんで」

「何だ。急にしおらしい顔をして」

「実は、少しの間、張り込みをやらなかったんで」

「持場を離れたのには、わけがあるんだろう」

「実は」

と、半次が話し始めた。

三日後に躰を質入れされそうな娘が、あまりにも可哀想だったんで跡をつけて、どこに住んでいるか突き止めてきた、といい、

「何とか、助けてやる手立てはありませんかね」

と訊いてきた。

「そうだな。いまこの場で考えられるのは、その娘の薬礼を立て替えて払ってやる、くらいのことしかないが」

「それはやめたほうがいいんじゃねえですか」

「なぜそうおもう」

「ひとりに出してやると、みんなに出してやらなきゃ、依怙贔屓《えこひいき》だと思う奴が、必ず出てきますぜ」

「たしかに。誰が聞いても納得できる、よい手立てを考えるか」

「あっしには、どうにも考えつかないが、親爺さんならよい知恵が浮かぶはず。頼みますよ」

「そう言われてもなぁ。難問だな、こりゃあ」

思案投げ首の体で、弥兵衛が目をしばたたかせた。

四

「弦斎たちが、薬礼を払っていない連中を、どうやって見つけ出しているか調べる必要があるな」

つぶやいた弥兵衛に、半次が応じた。

「そういえば、昨日権吉から突き飛ばされた婆さんが『臥雲先生とは、あるとき払いの催促なし、と話がついている』と訴えていましたね」

「『臥雲さんは、を組の連中から乱暴されて、動くこともままならぬ有様だ』と道庵さんがいっていたな」

うむ、と首を傾げて、ことばを継いだ。

「弦斎が住まいにもどるのを見届けた後、臥雲さんの住まいを探して訪ねてみるか」

半次が訊いてきた。

「あっしは、このまま備中屋を張り込む。それでいいんですね」

顔を向けて、弥兵衛が応じた。

「やってもらいたいことがある。今日は引き上げてくれ」

「引き上げる？」

半次が訝《いぶか》しげな表情を浮かべた。

「これから定火消屋敷へ帰って、お頭の五郎蔵に、わしから探索の手伝いを頼まれて動いている。事後の話で申し訳ないが、このまま探索をつづけさせてもらいたい、と申し入れてくれ。わしが、折をみて、お頭に挨拶に行く。わしが会いに行く前に、おまえからお頭に申し出て、許しをもらっておいてくれ、とわしから言われた、と伝えるのだ」

「わかりました」

　笑みをたたえて、半次がつづけた。

「お頭の許しが出たら、あっしもおおっぴらに、気兼ねなく働けます。これから定火消屋敷へもどります」

「明日の朝、離れで待っている」

「じゃ、これで」

　こたえて半次が背中を向けた。

五

　半時ほど備中屋にいた弦斎は、駕籠に乗り込み、寄り道することなく住まいへもどった。

　つけながら弥兵衛は、

（備中屋と交わした話のなかみはわからないが、おそらく権吉たちの取り立てのすすみ具合などを聞きにきたのだろう）

　と、推量した。

駕籠が弦斎の住まいへ入り、門扉が閉められたのを見届けて、弥兵衛は自身番へ向かった。

自身番に顔を出すなり、

「臥雲先生の住まいを教えてくれ」

と、問いかけた弥兵衛に、家主が応じた。

「わかりました。番人に案内させましょう」

振り返って、声をかける。

「八助《やすけ》、頼んだよ」

「わかりました」

こたえた八助が身軽な動きで立ち上がった。

同役の番人たちと手分けして、こまめに町内を見廻っているという八助は、町内の事情に明るかった。

を組の権吉をはじめとする火消人足たちは、火事場で迅速に動くための躰づくりのためと称して、タイ捨流の真木《まき》道場に通い、さまざまな修羅場《しゅらば》に対処するべく腕を磨いているという。

タイ捨流は敏捷《びんしょう》、大胆な太刀捌《さば》き、跳躍や突進で間合いを詰める躰の捌き方などを重視する剣法で、戦いの前に摩利支天《まりしてん》経を唱えるなど密教の影響が色濃い流派であった。

（新たに名が出たタイ捨流の真木道場について、早急に調べねばなるまい）

そう思いながら、弥兵衛は歩を運んでいる。

六

自身番の家主がなぜ八助に案内させたか、そのわけは臥雲の住まいに着いたときにわかった。

見合ったときの様子から推測して、臥雲と八助は親しい仲のようだった。

五十代半ばの臥雲は、伝い歩きがやっとという有様だった。

ひとりで何とか暮らして行けるのは、自分で自身の手当ができる、医者としての知識が身になっていた。

「家主さんから言われて、弥兵衛さんを連れてきました。顔合わせがすんだので、引き上げさせてもらいます」

と頭を下げた八助に、陰鬱《いんうつ》な顔つきで臥雲がいった。

「そのほうがいい。私とかかわりを持つと、ひどいめにあうかもしれぬぞ」

「近いうちにまたきます」

曖昧《あいまい》な笑みを浮かべて八助が応じ、住まいから出て行った。


土間から廊下へ上がってすぐ脇にある部屋で、弥兵衛と臥雲が向かい合っている。

懐《ふところ》からとりだした篤右衛門の仲立ち状を、弥兵衛は臥雲に差し出した。

受け取った臥雲が、封をはずして仲立ち状に目を通す。

読み終えた臥雲が封紙に仲立ち状を包んだ。

封書を弥兵衛に手渡す。

「弥兵衛さんは、以前は北町奉行所の与力だったんですね」

「いまは、北町奉行所の前にある茶屋の、もの好きで出しゃばりな親爺です」

微笑んで、弥兵衛が応じた。

「きていただくのが、ちと遅かった」

独り言のように臥雲がつぶやいた。

「ちと遅かった？」

鸚鵡《おうむ》返しをした弥兵衛に、臥雲が寂しげな笑みを浮かべた。

「医者町仲間は恐ろしい集まりです。加わらないと断ったら、こんな躰にされてしまった」

「医者町仲間の噂は聞いています。ところで、臥雲先生が診ていた病人や怪我人たちが、を組の権吉たちに未払い分の薬礼を取り立てられていることはご存知ですか」

問いかけた弥兵衛がじっと見つめる。

うつむいて、臥雲がこたえた。

「私が弱かったのだ。権吉たちに手ひどく殴られ、蹴られて耐えられなくなり、患者のことを控えた帳面を渡してしまった。強引に取り上げられてしまったといいたいところだが、言い訳になるだけだ」

さらに弥兵衛が問いを重ねる。

「道庵先生が診ていた病人や怪我人たちも、権吉たちに薬礼を取り立てられています。引っ越していった他の先生たちの病人、怪我人たちも同じめにあっているはずです。臥雲先生の場合は、帳面を手に入れたから薬礼を取り立てる相手のことが、権吉たちにわかったのでしょう。が、道庵先生たちが診ていた相手のことを、どうやって知ったのか、よくわかりません」

「おそらく病人仲間から伝わったのでしょう。同じ長屋の店子《たなこ》でも、かかっている医者は違う。私が診ていた連中から、芋づる式に広がっていったとしか思えません」

うむ、と納得したようにうなずいて、弥兵衛が訊いた。

「いま阿部川町に残っている町医者は、弦斎先生と六庵先生のふたりだけだと、自身番で聞きました。阿部川町で開業していた町医者で医者町仲間にくわわったのは六庵先生だけだ。何か理由があるんですか」

溜め息をついて、臥雲が応じた。

「六庵は、薬礼先払いで診ていた。小銭のある者たちだけを相手にしていた。緊急の場合は待たされずにすむので、それなりにかかりつけの者がいた。しかし、稼ぎは少なかったようだ。暮らし向きは、裕福とはほど遠いものだった。だから、医者町仲間にくわわったのだろう」

「そういうことですか」

つぶやいた弥兵衛が問いつづける。

「権吉たちは手始めに臥雲先生を襲っています。なぜ最初に狙われたか、心当たりはありますか」

「私は酒が好きでな。独り身のせいか、人の声が聞こえる居酒屋などで毎夜安酒を楽しんでいた。翌日も仕事があるので深酒はしなかったが、帰りはいつも深更だった。狙いやすかったのだろう」

そう言って、臥雲は苦々しげに頰をゆがめた。

七

（権吉たちが通っているタイ捨流の真木道場のことも調べねばなるまい。調べることが増えてくる。道庵の用心棒も探さなければならぬ）

八丁堀の屋敷にもどる道すがら、弥兵衛は思案を重ねている。

「まかせてくれ」

と道庵に言ったものの、弥兵衛には用心棒をやってくれそうな人物の心当たりはなかった。

（紀一郎に相談するか）

腹をくって、弥兵衛は足を速めた。

屋敷に帰った弥兵衛は、離れにはもどらず母屋へ足を向けた。

夜分、突然やってきた弥兵衛を、紀一郎と千春夫婦は笑顔で迎えた。

書斎で、弥兵衛と紀一郎は向かい合っている。

茶を持ってきてくれた千春が、弥兵衛に笑みを向けて会釈し、部屋から出て行った。

それまで和らいでいた紀一郎の面が、厳しいものに変わった。

「何か起きましたか」

訊いてきた紀一郎に、苦笑いを浮かべて弥兵衛が応じた。

「探る相手が増えて、多少手に負えなくなった。相談に乗ってもらおうと思ってきたのだ」

「いままでわかり得たことを、話してくれますか」

「手短に話す。疑問に思ったことは、その都度訊いてくれ」

そう告げて、弥兵衛は探索で知り得たことを、紀一郎に話しつづけた。

最後まで紀一郎は口をはさまなかった。

話し終えたと判断したのか、紀一郎が問うてきた。

「臥雲先生を襲って怪我をさせたのは、を組の権吉たちですね」

「そうだ。だが、その件で権吉たちを捕らえても、何の解決にもならぬ。医者町仲間の息の根を止めた後、引っ越していった町医者たちを、身の安全を請け負って阿部川町に引きもどさねば、貧しい者たちは医者にかかれないまま暮らしつづけることになる。この一件の落とし所は、貧しい者たちの手に、あるとき払いの催促なしで診てくれる町医者を取り戻してやる。その一点だけなのだ」

「権吉たちを捕らえても、しょせん蜥蜴《とかげ》の尻尾切りでしかない、というわけですね」

うむ、と首をひねった紀一郎が、ことばを重ねた。

「父上、例繰方として控えられた覚書のなかに、似たような事例はありませぬか」

今度は、弥兵衛が首を傾げる番だった。

しばしの間があった。

凝視して、紀一郎は弥兵衛が口を開くのを待っている。

「急には思い出せぬ」

独り言のように弥兵衛がつぶやいた。

再び首を傾げて、弥兵衛がことばを継いだ。

「タイ捨流の真木道場で権吉たちが、武術の腕を磨いている。そのこと、なぜか気になる」

「真木道場のこと、私が調べましょう」

即座に紀一郎がこたえた。

「頼む」

と応じた弥兵衛に、紀一郎が告げた。

「明日、中山様に医者町仲間にかかわる諸々のことを話してみます。私が動き回ることについて、中山様の許しを得ておいたほうが、後々何かと好都合かと思いますので」

「中山殿に、よしなに伝えてくれ」

笑みをたたえて、紀一郎がいった。

「手が足りぬときは、千春も役に立ててください。『義父上のこと、わきで見ていて気を揉んでいるより、できることなら手足となって働かしてもらったほうが気が楽でございます』と千春が私に申し出てきました」

「余計な気をつかわせてしまったようだな。千春さんのことばに甘えて、紀一郎とのつなぎの役、つとめてもらおう」

「その旨、千春につたえておきます」

顔をほころばして、弥兵衛が告げた。

「これでお松の肩の荷も軽くなる。おまえが心配のあまり、わしの動きをお松に探らせていたこと、前々から気づいていた。お松には茶屋を切り盛りするという大事な役目がある。余計な心配りはさせたくないのだ」

苦笑いして、紀一郎が応じた。

「お松とお加代を使って、父上の動きを探っていたこと、見破られていましたか。まだまだ修行が足りませぬ」

微笑んだ紀一郎に、弥兵衛が笑みでこたえた。

第五章　敵討ちの敵なし

一

翌朝、離れの勝手の板敷で、弥兵衛はお松やお加代とともに朝飯を食べていた。

食べ終わり、お松たちが茶屋へ出かける支度を始めたとき、裏口の向こうから声がかかった。

「親爺さん、開けますぜ」

半次の声だった。

「入ってくれ」

こたえた弥兵衛に呼応するように、腰高障子が開けられた。

まず半次が、つづいて啓太郎、勇吉が入ってきた。

茶屋へ持って行く帳面などをくるんだ風呂敷包みを抱えたお松とお加代が、土間に降り立つ。

振り向いてお松が弥兵衛に声をかけた。

「この様子では、当分の間、茶屋の仕事はお休みですね」

渋面《じゅうめん》をつくって、弥兵衛が応じた。

「茶屋の仕切り、よろしく頼む」

お松が追い打ちをかける。

「稼がないと、探索の掛かりも出せなくなりますからね。精一杯やってみます」

音骨に、棘《とげ》があった。

恐縮しきりで、弥兵衛がこたえる。

「ありがたい。すまぬな」

無言で会釈して、お松とお加代が出て行く。

見届けて、半次が揶揄《やゆ》した口調で話しかけた。

「あっしも啓太郎もお松さんは苦手だが、親爺さんも似たようなもんですね」

「ん？　まあな」

ばつが悪そうに、弥兵衛が顔をしかめた、
そんな弥兵衛の様子に、啓太郎と勇吉が、にやり、と顔を見合わせる。

その場の気分を変えるためか、口を開いた弥兵衛の口調は、ことさらに厳しかった。

「そんなことより、探索の話だ。昨日の動きを話してくれ」

お松のことから探索へと、話をそらそうとしているのは明らかだった。

見え見えの弥兵衛の変容に、笑いを嚙み殺した半次、啓太郎、勇吉が、意味ありげに、ちらりと見合う。

「まずは、あっしから」

最初に半次が声を上げた。

定火消屋敷へ帰ってすぐに五郎蔵の部屋に顔を出し、すでに探索で動いている、これからも探索で出歩くようになることを告げ、許しを得たこと、弥兵衛のことばをつたえたら、『いつでもかまいません。都合がいいときに顔を出してください』と五郎蔵が言っていたことなどを一気に話しつづけた。

隣にいる勇吉に視線を走らせて、啓太郎が口を開いた。

「親爺さんと別れた後は、勇吉を見つけ出すために走り回りました。やっと捕まえて、探索を手伝ってくれ、と声をかけたら、二つ返事で引き受けてくれました」

「たまには世間さまの役に立ちたい、とつねづね思っているんで、いつでも声をかけてください」

会釈して、勇吉が笑いかける。

最後に弥兵衛が、弦斎の動き、自身番の番人八助の案内で臥雲を訪ねたこと、八助から聞いた、権吉たちが通っている真木道場のことなどをつたえた後、一同を見回した。

「今度の一件に、真木道場がどうかかわってくるか、まだわからぬ。調べねばなるまい」

眉をひそめて、啓太郎がいった。

「調べることが、増えましたね。人手が足りない。どうしますか」

身を乗り出して勇吉が口をはさんだ。

「仲間に声をかけようか」

「頼りになる奴がいるかな」

啓太郎が首を傾げる。

「いまのところ、この面子《めんつ》ですすめよう。人集めに時をかける余裕はないからな」

そのことばに、一同が無言で顎を引く。

さらに弥兵衛がつづけた。

「半次はを組を、わしと啓太郎と勇吉は、昼まで阿部川町の裏長屋を回って、『道庵先生が、あるとき払いの催促なしで診てくれる』と触れ歩く。昼からは勇吉ひとりで裏長屋を巡り、道庵先生のことを触れ回ってくれ。わしと啓太郎は道庵先生のところへ向かう。啓太郎には、しかるべき剣客《けんかく》が見つかるまで、用心棒として道庵先生に付き添ってもらう」

「腕のふるいどころです」

腕まくりした啓太郎に、弥兵衛が告げた。

「今日から、わしは仕込み杖を持って歩く。啓太郎には若党が使っていた長脇差を貸してやろう」

「大事に使わせてもらいます」

応じた啓太郎から半次、勇吉へと視線を流し、弥兵衛が声をかけた。

「しっかり頼むぞ」

「まかせといておくんなさい」

「やれるだけ、やってみます」

緊迫した面持ちで、半次と勇吉が声を高めた。

二

北町奉行所に出仕した紀一郎は、中山甚右衛門と話し合いを持つべく、年番方与力控之間へ向かった。

控之間の前で足を止めた紀一郎は、襖《ふすま》ごしに声をかけた。

「松浦です。中山様は御在室ですか」

文机《ふづくえ》の前に座り、同役とともに調書に目を通していた中山は、

「そこで待て」

調書を閉じ、立ち上がった。

別間で、上座にある中山の前に紀一郎が控えている。

「松浦殿が、新たな探索を始めたのか」

座るなり訊いてきた中山に、紀一郎は医者町仲間について弥兵衛が調べ上げた経緯を話して聞かせた。

口をはさむことなく話に聞き入っていた中山が、終わったと判じたのか訊いてきた。

「医者町仲間をつくったのは、町医者弦斎と質屋の備中屋だったな」

「そうです」

こたえた紀一郎に中山がいった。

「質屋には、江戸質屋仲間という組織がある。医者町仲間として備中屋がやっていることが、江戸質屋仲間の定書のなかで、やってはいけないと決められている条項に触れているかどうか。調べてみる必要があるな。それと」

「それと？」

鸚鵡《おうむ》返しに紀一郎が問い返す。

「臥雲という町医者に診てもらっていた者たちが、払っていなかった薬礼を町火消を組の権吉なる火消たちに、強引に取り立てられて困っているというが、権吉たちが勝手にやっているかどうか、たしかめるべきだろう」

訝《いぶか》しげな表情を浮かべて、紀一郎が訊いた。

「臥雲は、権吉たちに痛めつけられて、歩くこともままならぬ躰《からだ》にされ、医者の仕事もやめております。権吉たちに薬礼の取り立てを頼んだとは、おもえませんが」

「何事も疑ってかかる。それが探索の心得だ。自分で勝手に決めつけてはならぬ。疑念を抱いた事柄については調べてたしかめ、裏を取る。そのこと、忘れてはならぬ。そちが問いかけたら臥雲は『医者町仲間に薬礼の取り立てを頼んでいる』とこたえるかもしれない」

「そのようなこと、あろうはずがありませぬ。父上が、臥雲から『殴る蹴るの乱暴に耐えかねて、薬礼未払いの者たちのことを記した帳面を、権吉たちに渡してしまった』と聞いております」

抑えた口調だったが、紀一郎の声音はわずかに昂ぶっていた。

じっと見つめて中山が告げた。

「捕らえたら、おそらく権吉たちは、臥雲から薬礼を払っていない者たちの名と住まいを記した帳面を預かっている。帳面は、臥雲が取り立てを頼んだ証《あかし》の品だ、と言い立てるだろう」

「他にも、医者町仲間にくわわらぬ、と断ったばかりに権吉たちに乱暴されて引っ越しせざるをえなくなった道庵なる町医者もいます。道庵は、権吉たちの悪行《あくぎょう》を証言してくれます」

「はたしてそうかな。道庵も後難を恐れて、いざとなったら話を変えるかもしれない。また臥雲に、大怪我をさせられた理由を問いただしたら、取り立てのやり方をめぐって大揉めに揉めた結果、権吉たちが激高して、ついついやりすぎたのだ。権吉たちを咎《とが》め立てする気はない、と言い張るかもしれぬ。今の状況では、北町奉行所が乗り出して、取り締まる段階には至っていないのではないか。わしはそう判断している」

無言で、紀一郎が視線を畳に落とした。

黙り込む。

ややあって、紀一郎が中山に目を注いだ。

「非常掛り与力として、私一存の考えで動いてもよろしいでしょうか」

見つめ返して、中山が告げた。

「事件になりそうな事例を見つけ出して調べている。事件として取り上げ、おおっぴらに探索しているわけではない。そうみせかけておけば、罪のない者たちに御上風を吹かせている、やり過ぎではないか、などと奉行所内で後ろ指をさされることはないだろう。そのこと、肝に銘じておくのだ」

「わかりました。後ろ指をさされて、面倒な話にならぬように気をつけて動きます」

「日々、調べたことを報告してくれ。同役の者から、松浦は何をしているのだ、勝手なことをされては御上の権威にかかわる、などと咎められたときに抗弁ができぬからな」

「承知しました」

　応じて紀一郎が頭を下げた。

三

　仕込み杖を手にした弥兵衛、長脇差を布袋に包んで持った啓太郎と勇吉の三人は阿部川町の裏長屋へ向かっていた。

「茶屋で医者町仲間の噂をしていたのは、代造店《だな》の大家と店子《たなこ》たちだ。道庵さんのことを触れ歩く一番目の裏長屋は、代造店にしよう。探索に乗り出すきっかけをつくってくれた連中が住んでいるところだからな」

と出かける直前に弥兵衛がいいだした。

　ふたりに否《いな》やはなかった。

「親爺さんにまかせます」

応じた啓太郎に、勇吉が無言でうなずいた。

「店子たちは道庵が引っ越すことを知っていた。おそらく代造店は、以前道庵が住んでいたところの近くにあるに違いない」

そう弥兵衛は見立てていた。

横道に入れば道庵の住まいだったところに行く辻で、弥兵衛は立ち止まった。啓太郎たちも動きを止める。

その横道から、男が出てきた。鬢盥《びんだらい》と呼ばれる道具箱を下げている。廻り髪結《かみゆ》いとおもわれた。

すかさず弥兵衛が声をかける。

「道を聞きたいんだが、代造店へはどう行けばいいんだい」

振り向いて、男が足を止めた。

「次の三辻を左へ曲がって少し行くと、右手にある。路地木戸があるから、すぐにわかるよ」

「ありがとう」

会釈した弥兵衛に、無言で笑みを返した男が背中を向けて、急ぎ足で歩き去って行った。

男の跡をつけるような形になって、おもわず苦笑いした弥兵衛が足を踏み出す。ふたりがつづいた。

代造店の路地木戸をくぐったところで、弥兵衛たちは立ち止まった。

突き当たりにある井戸のそばで、四十前後とおもわれる嬶《かかあ》たち三人が、身振り手振りをまじえて喋っている。裏長屋で、よく見かける光景だった。いずれも木綿《もめん》の粗末な小袖《こそで》を身につけている。

見合った弥兵衛たちが、無意識のうちに微笑み合う。

話好きの嬶たちは、噂を広げてくれる、弥兵衛たちにとっては願ってもない相手だった。

近寄ってくる弥兵衛たちに気づいた嬶たちが、じろりと目をむいた。

弥兵衛が声をかける。

「大家さんの住まいを教えてくれないか。大事な話があって訪ねてきたんだ」

嬶たちが、どうしたものか、と顔を見合わせる。

年嵩《としかさ》に見える嬶が、口を開いた。

「大家さんの住まいは、路地木戸を出てすぐ右手にある、二階建ての表長屋だよ」

「そうかい。ありがとうよ」

応じて弥兵衛が踵《きびす》を返した。

残った啓太郎と勇吉に、怪訝《けげん》そうに年嵩の嬶が声をかけた。

「爺《じい》さんの連れじゃなかったのかい」

笑みをたたえて、啓太郎がこたえた。

「連れだけど、おれたちは別口だ」

「別口？」

鸚鵡返しに訊いてきた嬶が、眉をひそめて他のふたりと目を見交わした。明らかに警戒している。

気づかぬ風を装って、啓太郎が告げた。

「おれたちは道庵先生の使いできたんだ」

「道庵先生の？」

年嵩の嬶が問いかける。

「道庵先生の引っ越し先は、久右ヱ門町だ。先生は、裏長屋の店子たちのことを心配している。で、病にかかったり、怪我をしたら、少し離れているが遠慮なくきてくれ。あるとき払いの催促《さいそく》なしで診てあげる。ただし、いろいろあって、往診はできない。きてくれる分には大歓迎だ、と仰有《おっしゃ》っている」

身を乗り出して、年嵩の嬶が声を高めた。

「ほんとうかい。ほんとうに道庵先生がそう言ってくれているのかい」

「そうだ。おれたちは、道庵先生の引っ越し先を教えにきたんだ。知りたかったら訊いてくれ」

「良かった。これでお医者にかかれる」

「うちの宿六、腹の具合がよくないんだ。我慢してるんだよ。道庵先生のところへは、どう行けばいいんだよ」

他の嬶たちが声を上げ、啓太郎たちに歩み寄ってきた。一歩遅れて年嵩の嬶もついてくる。

しゃがんで啓太郎が話しかけた。

「地面に、道庵先生のところへ行く道筋を描く。よく見てくれ。わかりにくかったら、言ってくれ。わかるまで教えるから」

つられたように勇吉も膝を折る。

ふたりを中心に円陣を組むように、嬶たちがしゃがみこんだ。

「ここが代造店だ。路地木戸を出て左へ行く」

指で地面に、啓太郎が道筋を描いていった。

嬶たちは、じっと絵図に目を注いでいる。

四

名主篤右衛門の仲立ち状を持参していた弥兵衛を、大家の代造は丁重に迎え入れた。

隠居した後、北町奉行所前の茶屋を譲り受けて営んでいる、と告げた後、弥兵衛はさらに話しつづけた。

「その茶屋で耳にした、代造さんたちが話していた医者町仲間のことが気になって調べ始めたら、を組の権吉たちが薬礼を払っていない者たちのところへ押しかけて、脅し半分に取り立てていることがわかった。このままほうっておくわけにもいくまい、と思って、探索をつづけている」

渋面をつくって、代造が応じた。

「を組の権吉には困っています。が、火消に逆らったら、火を出したときに嫌がらせをされるかもしれない。家が燃え尽きるまで、火を消すふりをして何もやらない、なんてこともあるかもしれないなどと考えて、みんな権吉たちのやっていることを見て見ぬふりをしている有様です」

「私が見るところ、権吉たちのやっていることは、高利貸しの取り立てと似たようなものだ。悪さが過ぎる。権吉たちに、取り立てをやらせているのは医者町仲間をつくった弦斎と備中屋だ」

ことばを切った弥兵衛が、代造を見つめてことばを継いだ。

「医者町仲間について、知っているかぎりのことを話してくれないか」

「備中屋は、阿部川町で一番大きな質屋です。主人の金蔵《きんぞう》は、備中屋に睨まれたら、阿部川町では質屋商いはできない、といわれるほど強面《こわもて》の男です。いままで金蔵に抗った質屋が二軒、潰されています」

「潰された？」

問うた弥兵衛に、代造が応じた。

「を組の連中が、潰された質屋の店先に用もないのにたむろして、質入れにきた客が店に入れないように邪魔したんです」

「抗ったにはわけがあるはずだ。知っているか」

「質草の値を、阿部川町にある全部の質屋で、同じ品なら同じ値で預かるようにしよう、と備中屋が言い出したんです。潰された質屋の主人たちは『客たちとの付き合いがある。付き合いの深さで、質草の値が変わってもいい、と思っている。同じ値にする気はない』と突っぱねた。そしたら」

「火消したちの嫌がらせが始まったというのか」

問いかけた弥兵衛に、代造がこたえた。

「そうです。を組の頭、富九郎は、火消人足たちを養うのに汲々としています。裏で、備中屋から多額の金子を受け取っているという噂です」

「なるほど。ところで真木道場のことを知っているか」

顔をしかめた代造が苦々しい口調でいった。

「真木道場は、町人相手に剣術を指南している道場です。富九郎と道場主の真木達《たつ》道《どう》が呑み仲間で、を組の火消たちのほとんどが真木道場の弟子です。真木は弦斎とも付き合いがあります。大店《おおだな》の主人たちに頼まれれば、真木は弟子たちとともに用心棒として雇われます。土地のやくざが賭場《とば》を開帳するときの用心棒まで引き受けています」

弥兵衛が訊いた。

「弦斎と六庵の関係は、どんな具合なのだ」

「六庵は、弦斎の弟分みたいな町医者です。手一杯になったら、六庵に病人をまわします。六庵は弦斎に謝礼金を払っているそうです」

医者町仲間について、細かく問いかけたが、代造は弥兵衛がつかんでいる以上のことは知らなかった。

半時（一時間）ほど過ぎた頃、弥兵衛は、

「何かあったら、北町奉行所前の茶屋をまかせている者に名を告げ『私に会いたい』とつたえてくれ。翌日には顔を出せる」

そう代造に告げて、腰を浮かせた。

五

通りへ出た弥兵衛に、向かい側の町家の軒下で待っていた啓太郎が歩み寄ってきた。

代造店にくる道すがら、打ち合わせていた動きであった。勇吉は、啓太郎と別れて、ほかの裏長屋へ出向いている。

「新たな聞き込みはありましたか」

そばにきて、啓太郎が声をかける。

「真木道場のことがわかった」

「どんな話で」

「を組の火消たちのほとんどが、真木道場に通っているそうだ」

歩を運びながら、弥兵衛が代造から聞いたことを、啓太郎に話して聞かせた。

ふたりは道庵の住まいへ向かっている。

久右ヱ門町の住まいで、道庵は首を長くして、ふたりを待っていた。

手当部屋で、三人は円座を組んでいる。

「用心棒として信頼できる剣客が見つかるまで、啓太郎に先生の身辺を守ってもらうことにしました」

そう告げた弥兵衛に、道庵が笑みを浮かべた。

「それはありがたい。啓太郎は骨折した幼子と母親を連れてきてくれた。そのことだけでも信用できる」

目を啓太郎に向けてつづけた。

「頼りにしているよ」

「無外流皆伝の業前《わざまえ》、役に立つ機会に、やっと出くわしました」

右脇に置いた布袋を啓太郎が掲げてみせた。

「刀まで用意してきたのか」

事の重さをあらためて思い知らされたか、道庵がしげしげと布袋を見つめた。

「長脇差です。素手では戦えないときもありますんで」

こたえた啓太郎に、道庵が告げた。

「を組の火消たちが相手だ。懐《ふところ》に匕首《あいくち》を吞んでいるかもしれない。何が出てきてもおかしくない。長脇差は必要だろう」

わきから弥兵衛が声を上げた。

「代造店を手始めに、道庵先生のところへ行けば、あるとき払いの催促なしで診てもらえる、と今朝から阿部川町の裏長屋で触れ回っています。いまこの瞬間も、新たに調べを手伝ってくれる啓太郎の仲間の勇吉が、どこぞの裏長屋で店子たちに伝えているはずです」

聞いた道庵が、不安そうな表情を浮かべた。

「いよいよ始まったか。噂を聞きつけて、を組の権吉たちは必ずやってくる。命がけの人助けだ。早まったかもしれない」

弱音を吐いて黙り込む。

(いずれ道庵は、止めると言い出すかもしれない)

湧いた疑念に、弥兵衛が啓太郎に視線を走らせた。

視線を受け止めた啓太郎の目が、弥兵衛と同じ思いでいることを語っている。

再び視線を道庵にもどした弥兵衛は、さらに強い不安に襲われていた。

黙り込んだまま道庵は、肩をすぼめてうつむいている。

六

を組を見張っていた半次は、大きく目を見開いた。

お頭の富九郎を先頭に権吉たち住み込みの火消人足二十名ほどが、揃って外へ出てきたのだ。

留守番の、火消二十数名が、外へ出てきて見送っている。

見送りの人足たちがなかへ消えたのを見届けて、半次が張り込んでいた通り抜けから通りに出てきた。

権吉たちをつけていく。

大勢が相手である。

見失う恐れはなかった。

気づかれぬように、町家の軒下沿いに半次は歩を移した。


を組の一行が行き着いた先は、タイ捨流真木道場だった。

(を組の奴らが、剣術の稽古《けいこ》をするともおもえないが)

それまでと変わらぬ歩調で、墨痕《ぼっこん》鮮やかに〈タイ捨流　真木道場〉と記された門札が掲げられた冠木門《かぶき》をくぐり抜け、入って行く火消たちを見つめて、半次は首を傾げた。

道場の建屋を囲むように、冠木門から左右に板塀が張り巡らされている。

板塀の長さから推測して、真木道場は数百坪はあるようだった。

屋根も大きい。

(構えからみて、門弟たちの数は多そうだ)

途方に暮れて、半次は真木道場の門前近くで立ち尽くしている。

火消たちの動きを探るには、なかへ入って行くしかなかった。

（どうしよう）

胸中でつぶやいて、半次は周囲を見渡した。

冠木門から入って行くのは、目立ち過ぎる。

（どこかに裏口があるはずだ）

そう考えた半次は、裏口を求めて板塀に沿って歩き出した。

七

配下の同心津村礼二郎《つむられいじろう》をしたがえた紀一郎は、臥雲の住まいにいた。

突然やってきて、十手《じって》をひけらかした津村と背後に立つ紀一郎を、臥雲は探る目で迎え入れた。

座敷へ案内するため壁を伝い歩く、臥雲の一挙一動を見落とすまいと紀一郎が凝視している。

座敷に入るなり臥雲は、

「足が不自由なので、ちゃんと座ることができません。不調法ですがお許しくださ い」

と、壁に背をもたれて腰を下ろした。

向かい合って、横並びに紀一郎と津村が座る。

「北町奉行所非常掛り同心の津村だ。こちらは非常掛りの与力様だ」

先だって臥雲に聞き込みをかけたことを弥兵衛から知らされていた紀一郎は、あえて松浦という名は伏せるよう、津村に命じていた。

万が一、元与力松浦弥兵衛と名乗ったかもしれない、と考えた紀一郎は、松浦と名乗ることで臥雲に弥兵衛とのつながりを勘ぐられるかもしれない、と判じて指図したのだった。

問いかけるのは津村と、前もって段取りしていた。

「歩くこともままならぬほどの大怪我をしたのには、それなりの理由があろう。話してくれ」

訊いた津村に、上目使いに臥雲が応じた。

「酒の上の喧嘩でございます」

鼻先で笑って、津村が問いを重ねる。

「酒の上の喧嘩とは笑止千万。噂では医者町仲間の手先として働いている、を組の権吉らに脅され、殴る蹴るの半殺しの目にあって、不自由な躰になったと聞いている。ほんとうのところを訊きたい」

「それは」

と言いかけた臥雲が、一瞬ことばを詰まらせた。

そんな臥雲の、微妙な顔色の変容も見逃すまいと、紀一郎が鋭い眼差しで見据えている。

ごくり、と唾を呑み込み、臥雲が口を開いた。

「その噂は、事実ではありません」

思いもよらぬ臥雲の返答だった。

瞬間、紀一郎と津村が視線をからませる。

たがいの目が、

(口を挟むことなく、臥雲のおもうがままに喋らせよう)

と語っている。

そんなふたりの様子に気づくことなく、臥雲が話しつづけた。

「権吉たちに取り立ててもらう、まだ受け取っていない薬礼の取り分をめぐって言い合いになりました。激高して、私が殴りかかったんです。それで権吉が怒って暴れ狂い、止まらなくなった。それだけのことです」

すかさず津村が問いかける。

「その場に居合わせた者はいるか」

「を組の大岩、小岩がその場にいました。ふたりに訊いてもらえば、私のことばが正しいことを裏付けてくれます」

「わかった。ふたりに問いただしてみよう」

応じた津村を、縋《すが》るような眼差しで臥雲が見つめた。

「いまの私にとって、権吉たちが取り立ててきてくれる薬礼は、暮らしのたつきに欠かせぬ唯一の実入りです。ありがたいかぎりです」

紀一郎は、臥雲を見据えている。

腹をくっているのか、臥雲が感情を露《あら》わにすることはなかった。

抑揚のない口調で話しつづけている。

予想もしなかった展開だった。

再び紀一郎と津村が顔を見合わせる。

おもわず津村が、微かに溜め息をついたのを、紀一郎は見逃さなかった。

（父上が探索してきたことに津村は疑念を抱いている。臥雲は後難を恐れているのかもしれぬ。父上が探索してつかみ得たことを、おれひとりで一から調べ直すか）

そう決めて紀一郎は、あらためて臥雲に目を注いだ。

第六章　辛抱の棒が大事

一

塀に沿って、半次は歩いていった。
塀が折れているところから、左手に横道がのびている。
曲がって少し行くと、塀に作り付けの潜《くぐ》り戸があった。
潜り戸の片扉を押すと、すんなり開いた。
ぐるりを見渡し、人気がないのをたしかめて、素早くなかに入る。
物干しに稽古着や褌《ふんどし》が干してあった。
井戸を通り過ぎ、道場のほうへ忍び足ですすんでいく。

不思議なことに、竹刀を打ち合う音が聞こえてこなかった。

床板を踏みつけるような音や、重い物を落としたような音が間断なく響いている。

行く手に武者窓が見えた。

警戒の視線を走らせながら歩み寄る。

武者窓の下に身を寄せ、道場のなかをうかがった。

おもわず半次は首を傾げていた。

道場の横幅半分に、を組の火消数人が横にならび、師範代らしき浪人が手を叩くと全力で走りだし、再び手を叩くと足を止めている。

なかには、止まりきれずによろけて転びそうになる火消もいた。

そんな火消に駆け寄った師範代風が、いきなり腰を蹴り飛ばす。

ただでさえ体勢を崩しかけていた火消が、もんどり打って床に倒れ込んだ。

残る半分では、別の鍛錬が行われていた。

縦長のなかほどに、手を握りあったふたりの火消が立っている。

一方の壁際から走ってきたひとりが、ふたりの手前で跳躍し、握りあった掌《てのひら》に飛び乗った。

その瞬間、ふたりが火消を投げ上げる。

ふたりの動きに合わせて、走ってきた火消が両手を挙げ、天井めがけて飛び上がった。

二組に分かれての鍛錬は、何度も繰り返されている。

火消のなかには、跳《と》んだ瞬間、身を縮めて、空で全身を伸ばし、天井に手の指先が付きそうなる者もいる。

急に立ち止まる鍛錬をつづける火消のなかには、何度も繰り返すうちに踏ん張る力が失せたのか、立ち止まろうとして耐えきれず、倒れて転がる者が何人もいた。

(この鍛錬は、屋根にかけた梯子《はしご》を一気に駆け上ったり、屋根を走り回り、屋根から屋根へ飛び移ったりするときに役に立ちそうだ)

胸中でつぶやき、稽古に目を注いでいる半次の背後から声がかかった。

「何をしている」

振り向いた半次の肩に、強烈な竹刀の一撃が炸裂した。

呻《うめ》いた半次が衝撃に耐えきれず、片膝を突く。

顔を上げようとした半次の頭頂に向かって、竹刀が振り下ろされた。

凄まじい風切り音が響く。

(逃げられない)

観念して身を固くした半次の脳天すれすれのところで、竹刀が止められた。

「どこから入った。盗み見も許さぬ。なかに入れ。訊きたいことがある」

上目使いに半次が見上げる。

髭面《ひげづら》で大柄の筋骨たくましい、月代《さかやき》を伸ばした門弟だった。

「いうとおりにします。ご勘弁を」

神妙な面持ちで半次がこたえた。


道場の真ん中に半次が胡座《あぐら》をかいている。

その前に、竹刀を手にした髭面の門弟が立っていた。

壁際の上段の畳敷に道場主の真木達道、斜め脇に富九郎が座っている。

門弟たち十数名と権吉らを組の面々は、両側の壁に沿って控えていた。

髭面が問いかける。

「名を訊こう」

髭面を見上げて、半次が口を開いた。

「半次といいます。定火消で」

変に隠し立てすると、かえって面倒なことになると考えた末の返答だった。

定火消と聞いたを組の連中が、

「定火消だって」

「武家地に火が出たときに出張《でば》る定火消が、何のつもりだ」

「町火消の敵だ」

相次いで声を上げる。

「静かにしねえか」

上座から富九郎が一喝《いっかつ》した。

町火消たちが静まりかえる。

再び髭面が訊く。

「なぜ忍び込んで、稽古を盗み見た」

「暇つぶしに浅草を歩き回っていて、たまたまを組の前にやってきたら、を組の連中が出てくるのに出くわしました。大勢でどこへ行くんだろうと気になったんで、つけていったら真木道場に入っていった。町火消が剣術の道場で何をやるんだろう、と興味が湧きやした。堂々と入り込んで、何をやっているか見せてくれ、というわけにもいかない。それで」

「裏口から忍び込んだか」

「そうです。武者窓を見つけたんで覗きました」

悪びれることなく、半次がこたえた。

厭味《いやみ》な笑いを浮かべて、髭面が告げた。

「半次とかいったな。おまえが武者窓から覗き込んだときから、おれは気づいていた。稽古をやってみたいか」

身を乗り出して半次がいった。

「できるんですか」

「なぜ、やってみたい」

「火事場で動き回るときに、役に立つんじゃねえかとおもいまして」

「そのこと、躰《からだ》でたしかめてみろ。立て」

髭面が竹刀で床を叩いた。

撥ねるように立ち上がった半次に、髭面が怒鳴った。

「上座に向かって全力で走れ。止まれといったら、立ち止まれ。よろけてはならぬ。いいな」

「知っておりやす」

「走れ」

半次が走り出す。

「止まれ」

数歩で上座というところで、声がかかった。

ぴたり、と、よろける素振りすらみせずに半次が足を止める。

上座の脇で、斜め上段に竹刀を構えていた門弟が声をかける。

「見事だ。初めてとはおもえぬ。よろけたら竹刀で打ち据えてやろうと思っていたが、叩き損なった」

「痛い目にあいたくねえ。ただその一心で、踏ん張りやした」

背後から声がかかる。

「何をうだうだ言っている。向きを変えろ。今度はおれのほうへこい。走れ」

振り向いて、半次が走りだす。

「止まれ」

歯を食いしばって半次が止まる。

今度は、わずかに躰が揺れた。

門弟ふたりが向かい合って、たがいの両手を握り合っている。

走ってきた半次が、門弟の握りあった掌に飛び乗るべく跳躍する。

乗った瞬間、門弟ふたりが半次の躰を投げ上げた。

上げた半次の両手が、天井近くまで達している。

躰を丸めて半次が床に飛び降りた。

「なかなかいいぞ。稽古を積んでいるを組の連中も顔負けだ」

髭面の声に、座っていた権吉らが両隣と不快そうに顔を見合わせる。

　稽古がつづけられている。

を組の火消たちにまじって、半次が走っては立ち止まる鍛錬に励んでいた。

そんな半次を、真木が疑いの目で、凝然と見つめている。

二

「啓太郎が連れてきた腕の骨を折った幼子と母親は、昼前にきた。幼子は順調に回復している」

不意に思い出したのか、道庵が啓太郎に話しかけた。

啓太郎が顔をほころばせる。

「そいつはよかった。坊やは元気ですかい」

「元気だ。遊ぶとき、腕を吊った白布が邪魔になる。早くとりたい。いつとれる、とうるさく訊いてきた」

「泣き疲れて、ぐったりしていたのに、そんなことを言うようになったんですか。元気になった証《あかし》ですね」

「そうだ」

笑みをたたえた啓太郎に、道庵が微笑みでこたえた。

今後の段取りを話しあった後、弥兵衛が言った。

「引き上げる。啓太郎、後を頼む」

「まかしといておくんなさい。明日の朝、離れに勇吉が顔を出したら、裏長屋廻りを始める前に、おれのところに顔を出してくれ。頼みたいことがある、とつたえてください」

「わかった」

顔を向けて、弥兵衛がことばを重ねた。

「道庵先生、よろしく頼みます」

無言で、道庵がうなずいた。

「それじゃ、これで」

のっそりと弥兵衛が立ち上がる。

そのとき、派手な音を立てて、表戸が開けられた。

同時に、誰かのわめき声が聞こえた。

「大変だ、道庵先生。大やけどだ」

半ば反射的に道庵が立ち上がり、部屋から走り出た。あわてて、弥兵衛と啓太郎がつづく。

ぐったりした老人を背負った勇吉が、土間に立っていた。

血相が変わっている。

裏長屋の店子《たなこ》たちか、勇吉の後ろに、心配してついてきた数人の男女の姿があった。

「鋳掛師《いかけし》の爺《じい》さんだ。鞴《ふいご》で熾《おこ》した火を、小火炉《こかろ》に入れて長屋で値打ち物の壊れた釜の修理中、何か用があって立ち上がったときによろけて、小火炉に倒れ込んだ。左腕から背中にかけてひでえ火傷《やけど》だ。火事になりそうだったのを、長屋にいた店子たちで消し止め、ここへ駆けつけた」

まくしたてた勇吉に、道庵が怒鳴った。

「話は後にしろ。早く手当部屋へ運び込め」

土間に裸足で飛び降りた啓太郎が、

「勇吉、こっちだ」

背負った鋳掛師を、脇から抱えるようにして支える。

草履《ぞうり》を脱いだ勇吉が、板敷の上がり端《ばな》に足をかけた。

夜具に、左腕から背中にかけて包帯を巻かれた鋳掛師が、躰の右側を下に横向きに寝ている。

壁のそばに座る、嬶《かかあ》たちや職人とおもわれる男など数人の店子たちに、道庵が話しかけた。

「手当は終えた。命に別状はない。今日は動かせない。わしのところに泊まってもらう。引き上げていいぞ」

「よろしくお願いします」

年嵩の嬶が応じ、老鋳掛師に声をかけた。

「吾作《ごさく》さん、帰るよ」

呼びかけたが、吾作は身動きひとつしない。

嬶が店子たちを振り返った。

「引き上げよう」

無言でうなずいて、店子たちが腰を浮かせた。


鋳掛屋は鉄や銅などでつくられた、壊れた鍋、釜を修理するために鞴、小火炉、手洗い用の水入れなどの鋳掛道具を天秤棒の両端に吊して肩に担ぎ、

「鍋、釜、鋳掛え」

と掛け声をかけて町々を流して歩いた。

声がかかれば道端で修理をする。

が、鋳掛師は出職の鋳掛屋と違って、住まいへ客が鍋、釜を持ち込んで、修理を頼む居職だった。鋳掛屋より腕はいい、とされている職人、それが鋳掛師であった。

横たわったまま、ぐったりしている吾作から弥兵衛に視線を移して、勇吉がいった。

「おれが裏長屋へ入り込んで、道庵先生のことを触れ歩いているときに悲鳴が上がった。吾作さんは土間で仕事をしていた。表戸の腰高障子が燃えだして、井戸端に

いた嬶たちや居職職人と一緒に、必死になって火を消した。それから、吾作さんの着ていたくすぶっている着物を脱がして、職人と交代で吾作さんをおぶって運び込んだんだ」

笑みを浮かべて、道庵がいった。

「勇吉さんとかいったね。啓太郎も、おまえさんも人のいい遊び人だ。人助けをしたな。吾作さん、半日、手当が遅れたら死んでいた」

わきから弥兵衛が声をかけた。

「勇吉、お手柄だったたな」

照れくさそうに髷《まげ》に手をやって、勇吉が応じた。

「成り行きというやつでして。どうも」

見つめていた道庵が、神妙な顔をしてつぶやいた。

「やるしかないか」

その一言を耳にした弥兵衛と啓太郎が顔を見合わせ、安堵《あんど》したように微笑む。

笑みをたたえたまま、啓太郎が振り向いて告げた。

「勇吉、おれの住まいへ行って、おっ母さんに事情を話し、着替えを受け取ってきてくれ。明日、届けてくれればいい」

「合点承知の助」

わきから弥兵衛が声を上げた。

「わしは暮六つまでここにいて、道庵先生の薬づくりを手伝う。勇吉は、引き上げてもいいぞ。啓太郎のおっ母さんを訪ねるのは早いほうがいい」

「わかりやした。そうします」

ちらり、と啓太郎を見やって、ことばを重ねた。

「それじゃ、明日」

笑いかけて勇吉が腰を上げた。

三

最後まで竹刀を持つことはなかった。

走ったり、急に止まったり、跳んだりするだけの鍛錬は、休みなく一刻（四時間）ほどつづけられた。

「本日の稽古、ここまで」

髭面が告げた途端、権吉はじめを組の火消たちは、道場に倒れ込んだ。半次も仰向けになって目をつむる。

「起きろ」

　髭面が怒鳴った。

　全員が撥ねるように立ち上がる。

　疲労困憊《こんぱい》しているのか、四つん這いになったまま、立ち上がれない者がいた。

近くにいた門弟が素早く駆け寄るや、手にした竹刀でその火消をしたたかに打ち据える。

　呻いて俯《うつぶ》せになった火消を、門弟がさらに叩きつづける。

「それまで」

　上段の座から真木が下知した。

　竹刀を下げ、門弟が一歩下がる。

「立て。を組のど根性、忘れたか」

　鬼の形相《ぎょうそう》で、富九郎が吠えた。

　肩で息をして、ふらつきながら火消が立ち上がる。

「手を貸してやれ。引き上げるぞ」

　見渡して、富九郎が告げた。

左右にいたふたりが、ふらふらしている火消に肩を貸す。

道場の一隅に立った半次が、権吉たちや支えられた火消たちが出て行くのを凝然と見つめている。

「半次、無罪放免だ。ただし、二度めは許さぬ。今度盗み見したら、竹刀で気絶するまでぶちのめすぞ」

「稽古を見たいときには、声をかけます。よろしく頼みます」

「そのときは入門しろ。わかったな」

「わかりやした。引き上げます」

正座し直して、半次が深々と頭を下げた。

冠木門《かぶきもん》から通りへ出た半次に声がかかった。

「待ってたぜ、半次」

振り向いた半次の目が、門柱のそばに立つ権吉と大岩、小岩を捉えた。

薄ら笑いを浮かべて、権吉が話しかけてきた。

「町火消と定火消、日頃はあまりいい仲とはいえないが、真木道場つながりで、おれたちは仲良くしようや。一献《いっこん》、つきあってくれ」

どうすべきか迷った半次だったが、

（成り行きにまかせよう。依怙地《いこじ》になって断ったら、かえって疑いを招くことになる）

瞬時に、そう判断した。

「稽古疲れで、一杯やりたかったところだ。渡りに船の話、つきあわせてもらうぜ」

こたえた半次に、

「近くに行きつけの居酒屋がある。ついてきてくれ」

応じて権吉が歩き出した。大岩、小岩がならう。

三人に、半次がつづいた。

〈河童《かっぱ》〉と墨痕《ぼっこん》太く書かれた赤提灯《ちょうちん》が、軒下に下がっている。

一隅の卓を囲むように置かれた酒樽に、腰をかけた半次と権吉、大岩と小岩が向かい合っている。

空になった十数本の銚子《ちょうし》が、横倒しにされている。それぞれの前に、銚子が二本ずつ置かれていた。

四人は湯飲み茶碗で酒を呑んでいる。

「もう呑めねえ。兄貴、寝るぜ」

卓に顔を押しつけた小岩に、権吉が毒づいた。

「だらしのねえ野郎だ。もう潰《つぶ》れやがった」

「おれもだ。兄貴」

呂律《ろれつ》のまわらない口調で言い、大岩が胸に顔を埋める。

ふたりを見やって、権吉がせせら笑った。

「いつものことながら、だらしのねえ奴らだ」

じっと半次を見つめて、権吉がことばを継いだ。

「定火消か。おれは、ガキの頃、おっ母あが、まだ赤ん坊だった弟を捨てるところを、この目で見たんだ。おっ母あが赤ん坊を捨てた場所、どこだとおもう」

見つめ返して、半次が訊いた。

「どこなんだ。見当もつかねえよ」

「半次、おまえにかかわりがある場所だぜ」

揶揄《やゆ》するような目つきで、権吉が言った。

「おれにかかわりがある場所？」

鸚鵡《おうむ》返しをした半次に、真顔になって権吉が告げた。

「おっ母あが弟を捨てたところは、定火消屋敷の、表門の潜り戸の前だ」

「何だって」

おもわず声を高めた半次は、つづくことばを懸命に嚙み殺した。

しんみりした口調で権吉がつづける。

「地面に置かれた途端、弟が火の付いたような声を上げた。その泣き声が、おれの耳に付いて離れねえ。寝ているときに、その声が聞こえたような気がして、何度も目がさめる」

「そのとき、おっ母さんは何か言ったかい」

記憶の糸をたぐっているのか、遠くを見るような眼差しになって権吉がこたえた。

「勘弁《かんべん》、とだけ、それだけ言った。聞こえるか聞こえないかの小さな声だったけど、おれには、はっきりと聞こえた」

奥歯を嚙みしめて、半次はうつむいた。

表門の潜り戸の前に捨てられていた半次を拾って、育ててくれた五郎蔵から聞かされた話と酷似している。

（そんな馬鹿な。いま聞いた話がほんとうなら、権吉はおれの血肉を分けた兄貴、

という ことになる。権吉みたいな、情け知らずの悪党が、おれの兄貴なんて、そんなこと、信じたくねえ。けどよ、けど、権吉の話、作り話とはおもえねえ。どうしよう。こんな気持、さとられちゃいけねえ。抑え込むんだ)

急に黙り込んでうなだれた半次を、覗き込むようにして権吉が訊いた。

「どうした。酔ったのか。だらしねえな。まだ酒はたっぷり残っているぜ」

顔を見られたくなかった。

うつむいたまま、半次がこたえた。

「急に酔いが回った。これでお開きにしようや。酒の強さでは、権吉兄貴にはかないません。この通りだ」

頭を下げて、半次が額を卓にすりつけた。

四

翌朝、寝ぼけた顔をして、半次が離れにやってきた。

「どうした。気分が悪いのか」

だるそうな様子で、半次が頭をかいた。

「昨日、を組の連中が大勢で出かけたんでつけたら、真木道場に入っていったんで」

何をしているか見届けるために真木道場に忍び込んだこと、見つかって道場に連れ込まれ、稽古を無理強いされたこと、走ったり、跳んだりする珍しい稽古だったが火消には役に立つ鍛錬だったこと、稽古が終わった後、権吉に誘われて居酒屋で深酒したことなどを、半次は一気に話しつづけた。

話し終えたとき、勇吉がやってきた。

ひとりではなかった。啓太郎の母、お郁《いく》が一緒だった。風呂敷包みを抱えている。

怪訝《けげん》そうに目を向けた弥兵衛に、勇吉が応じた。

「おばさんが啓太郎のいるところに着替えを届けると言ってきかないんで、連れてきやした」

わきからお郁が頭を下げた。

「突然やってきて、すみません。啓太郎の顔も見たいし、着替えをじかに手渡そうとおもって」

じっと見つめて、弥兵衛が言った。

「そいつはまずい。啓太郎にとって、よくない」

眉をひそめて、お郁が訊いた。

「まずいとは、どういうことですか」

「いまは、啓太郎にかまいすぎないほうがいい」

首を傾げて、お郁がさらに問いかけた。

「それは、どういう意味ですか」

視線をお郁に注いだまま、弥兵衛が告げた。

「啓太郎はいま一本立ちするために頑張っている。人の役に立つことに喜びを感じている。かかわりを持つことを控えて、じっと見守ってやるべきときだと、わしはおもう」

「あたしが着替えを届けるのはよくないと、いわれるのですね」

昂《たか》ぶる感情を抑えている。そんな、お郁の声音だった。

厳しい口調で、弥兵衛が告げた。

「男には、自分自身を厳しく見つめ直して、いま何をやるべきか、考えるときが必要なのだ」

「そんなものですか」

溜め息をついて、お郁が言った。

「着替えは勇吉に持っていかせましょう。わかってくれますね」

諭《さと》すような、弥兵衛の物言いだった。

見つめ返して、お郁が応じた。

「わかりました。けど、あの子が心配で」

「大丈夫。啓太郎は自分の道を見つけることができる男だ」

「啓太郎は旦那さんのことを、親父みたいな人だ、といつも言っています。よろしくお願いします」

お郁が深々と頭を下げた。

そんなお郁を、半次が瞬《まばた》きひとつせずに見つめている。

着替えを入れた風呂敷包みを勇吉に預けて、お郁は引き上げていった。

「道庵先生のところに立ち寄って、啓太郎に着替えを渡した後、裏長屋を回って触れ歩きます」

風呂敷包みを小脇に抱えて、勇吉が出かけた。

見送って、半次がつぶやいた。

「啓太郎の奴、おっ母さんのこと、もう少し心配してやればいいのに。気遣ってやりたくても、おれにはおっ母さんの影も形もない」

捨て子だったことを知っている弥兵衛には、半次にかけてやることばが浮かばなかった。

話題を変えようとして、問いかける。

「一献酌み交わしてみて、わかることもある。権吉はどんな男だった」

「思ったより、いい奴でした」

「それは」

どんなところがそう感じたのだ、と言おうとして、弥兵衛はつづくことばを呑み込んだ。

「おれにはおっ母さんの影も形もない」

とのつぶやきと、

「いい奴でした」

という言いぐさに、弥兵衛は半次の心に生じている異変を感じとっていた。

気づかぬ風を装って、かねて考えていたことを口にした。

弥兵衛は備中屋金蔵の顔を知らない。

躰を質入れされそうな娘をたすけ、金蔵の顔も見ることができる一石二鳥の策があった。

「用を思い出した。ちょっと待っていてくれ」

そう半次に声をかけ、弥兵衛は金箱が置いてある奥の間へ向かった。

金箱から二十両を取り出して、巾着《きんちゃく》に入れる。

勝手にもどって、土間に置いた草履を履きながら弥兵衛が告げた。

「半次、躰を質草にするという証文を書かされた、娘の住まいへ案内してくれ。娘の薬礼を立て替えてやるかわりに、道庵先生の手伝いをやってもらおうと思ってな」

「ほんとですかい。そいつはいい考えだ」

半次が目を輝かせた。

「出かけよう」

弥兵衛が歩き出す。半次がつづいた。

五

突然訪ねてきた弥兵衛と半次を、娘は警戒の目で迎えた。

畳の間で、母親が病床に臥《ふ》している。その傍《かたわ》らには作業台が置いてあり、できあがった風車と風車づくりの材料が載せてあった。娘は、風車づくりの内職をしているのだろう。

訝《いぶか》る娘に半次が、

「実は道庵先生とつるんで、医者町仲間の連中に痛めつけられている者たちに手を貸すために動いているんだ。この人は北町奉行所前で腰掛茶屋をやっている弥兵衛さん、おれは定火消の半次。疑るんだったら、茶屋や定火消屋敷へ出向いて、おれたちのことを調べてみたらいい」

「疑うだなんて、そんなことは」

と応じつつ、娘がおそるおそる訊いてきた。

「で、あたしに何の用で」

「備中屋という質屋を知ってるね」

「知ってます」

「備中屋は町医者の弦斎とふたりで、医者町仲間をつくった奴なんだ。臥雲先生を痛めつけ、薬礼を払っていない病人や怪我人のことを控えた帳面を取り上げて、を組の連中に薬礼を取り立てさせている。おれは、その備中屋を張り込んでいた」

「それじゃ、あたしが権吉たちに連れられて備中屋へ行ったときも、見張っていたんですね」

「そうだ。それで聞いてしまったんだよ。三日後に薬礼を払えないときは、躰を質入れするという証文を書かされたという話をさ。を組の奴が大きな声で言っていたろう」

「そうです。証文を書かされて、それで、どうしようかと」

か細い声で娘がこたえたとき、寝ていた母が声を上げた。

「お好《よし》、ほんとうかい、いまの話。そんなこと、一言も聞いてないよ」

振り向いて、お好が応じた。

「そんなこと言えないよ。おっ母さんが心配するじゃないか」

「お好。どうするんだい。薬礼を払う金は、どうするつもりだったんだい」

「どうもこうも、風車の内職だけじゃ、とても稼げないよ。一年間貯めっぱなしの薬礼だもん」

「お好」

母の声が涙でくぐもって聞こえる。

そのとき、弥兵衛が声をかけた。

「心配しなさんな。その薬礼、わしが立て替えてあげよう」

「ほんとうですか」

縋《すが》るような眼差しでお好が、弥兵衛を見つめた。

「ただし、やってもらいたいことがある」

「何をやればいいのですか」

「久右ヱ門町へ引っ越した道庵先生の手伝いだ。いまわしたちの仲間が、阿部川町の裏長屋を回って、道庵先生があるとき払いの催促なしで診てくれる、と触れ歩いている。医者町仲間の嫌がらせで、道庵先生は阿部川町へ往診できない。きてくれる分には、何人でも診る、といってくれている。これから診てもらいにくる者たちが増えるだろう」

「それで、あたしに手伝えと」

「そうだ。どうだね」

「やります。やらせてください。立て替えてもらった薬礼の分、働かせてもらいます」

「給金は出る。立て替えた分は、その中から払ってもらえばいい」

再び母が口を出した。

「話がうますぎる。あたしたちを騙《だま》しているんじゃないだろうね」

呆れて、半次が声を高めた。

「何を言ってるんだい、おっ母さん。おれたちの話に乗らなかったら、お好さんの躰は質入れされてしまうんだぜ。備中屋に躰を押さえられるか、おれたちに賭けて運を天に任せるか。どちらかを選ぶしか道はないんだよ」

「お好、どうする」

悲痛な声で母が問いかける。

「おっ母さん、あたし、賭けてみる。弥兵衛さんと半次さんに賭けてみる」

「それしか手はないね」

沈んだ声で母が応じた。

横から弥兵衛が口をはさんだ。

「どうやら、ふたりの気持ちは決まったようだ。備中屋に行こう」

「支度します」

こたえてお好が立ち上がった。

備中屋に弥兵衛とお好が入っていく。

備中屋の表を望むことができる、向かい側の通り抜けに、半次は身を潜《ひそ》めていた。やってくる道すがら、弥兵衛が半次に指図した動きであった。

「薬礼を立て替える。お好が書いた証文を金と引き換えに渡してくれ」

店に入ってくるなり、そう申し出た弥兵衛に、備中屋が告げた。

「を組の権吉さんから持ち込まれた話だ。権吉さん立ち会いの上で、証文の扱いを決めたい」

「いいだろう。権吉さんとやらが来るまで待とう。お好、そうしよう」

問いかけた弥兵衛に、無言でお好がうなずいた。

手代に権吉を迎えに行くように、金蔵が命じた。

それから後、金蔵と弥兵衛が口をきくことはなかった。

小半時（三十分）ほどして、手代が権吉と大岩を連れてきた。

備中屋が、権吉に弥兵衛の申し出をつたえる。

「薬礼を払ってもらえば、何の文句もありませんや」

意外なほどあっさりと、権吉が承知した。

証文と引き換えに薬礼を払った弥兵衛は、お好とともに備中屋を後にした。

備中屋の前で足を止めて、弥兵衛がお好に証文を渡しながら話しかけた。

「これから道庵先生のところへ向かう。顔合わせして、明日からの段取りを決める。いいね」

「わかりました」

証文を握りしめて、お好がこたえた。

歩を運ぶ弥兵衛とお好を、小岩がつけてくる。すべて弥兵衛の狙いどおりだった。半次はその後の備中屋たちの動きに備えて、張り込みをつづけている。

あるとき払いの催促なし、の心意気で診てくれる町医者がいなくなった阿部川町の貧乏人たちのことを考えると、一件の落着を長引かせてはいけない、と弥兵衛は考えていた。

そのため、あえて医者町仲間の手先を道庵の住まいへ連れて行き、道庵が貧乏人たちの手当をしているところを見せる。

そのことを手先が知らせることで、備中屋と弦斎は必ず動き出す、と弥兵衛は見立てていた。

気はすすまないが、道庵を囮《おとり》にして、備中屋たちをおびき寄せるしか手立てはない。考えに考え抜いた、弥兵衛の苦肉の策であった。

道庵のところまでつけてきた小岩は、外で手当の順番待ちをしている顔見知りを見つけたのか、歩み寄って話しかけた。

「何をしているんだ」

露骨に厭な顔をした男が、渋々応じる。

「道庵先生に手当してもらうためにきている」

精一杯凄《すご》みをきかせて、小岩が言った。

「おれがきたことは誰にも言うな。言ったら、ただじゃおかねえ」

「言わねえ。約束する」

怯《おび》えた顔で男がこたえる。

薄ら笑いを浮かべて、小岩が男に背中を向けた。

立ち去っていく小岩を、町家の外壁に身を寄せて、啓太郎が見つめている。道庵のところに着くなり、弥兵衛が啓太郎につけてきた小岩を見張るように命じたのだった。

ほどよい隔たりになったのを見極めて、啓太郎が通りへ出た。

見え隠れに小岩をつけていく。

六

急ぎ足で、小岩は備中屋へ入って行く。つけられていることに気づいていないのか、一度も後ろを振り返らなかった。

軒下づたいにやってきた啓太郎は、立ち止まり周囲を見渡した。

張り込んでいる半次が、どこにいるか探している。

わずかの間があった。

備中屋からは誰も出てこないと判断したのか、通り抜けから半次が姿を現した。

気配に啓太郎も目を向ける。

手招きした半次が、踵《きびす》を返して通り抜けへ入っていった。

見届けた啓太郎は、警戒の視線を走らせながら、通り抜けへ向かって歩を移した。

そばにきた啓太郎に、ちらり、と視線を向けたきり、半次は口をきこうとしない。いつもと違う半次の様子に、啓太郎は首を傾げた。

問いかける。

「どうした。何かあったのか」

ぶっきら棒に半次がこたえた。

「昨日、成り行きで深酒した。二日酔いだ」

「明日になったら、おさまるだろう。余計な心配だったかな」

応じた啓太郎に半次が訊いた。

「着替えは受け取ったか」

「勇吉が届けてくれた」

「勇吉から聞かなかったのか」

「何も。何か、あったのか」

不審げに啓太郎が問うた。

「今朝方おまえのおっ母さんが、勇吉といっしょに離れにやってきた。着替えをじかに啓太郎に渡したい、とおっ母さんが言ったら、親爺さんが『啓太郎は人の役に立ちたい、と思って頑張っている。もうしばらくの間、やりたいようにやらせて見守ってやったらどうだ』みたいなことを言い出したんだ。おっ母さんは納得して、着替えをくるんだ風呂敷包みを、勇吉に預けて帰っていった」

「そんなことがあったのか。勇吉は何も言ってくれなかった。おっ母さんも、おっ母さんだ。余計なことばっかりする。おれは、とっくに一人前だ。ガキ扱いしやがって、迷惑だぜ」

不満そうに啓太郎が吐き捨てた。

「そうか」

と曖昧《あいまい》な笑みを浮かべて半次が、ぼそり、とつぶやいた。

「赤子を捨てるとき、おっ母さんはどんな気持でいたんだろう」

予測もしていなかった半次のことばに、啓太郎が驚いた。

「そんなこと、急にいわれてもわからねえよ。いったい、どうしたんだ」

声を高めて訊いてきた啓太郎から、顔をそむけて半次が応じた。

「何でもねえ。ただ、このところ、なぜかおっ母さんのことを思い出してな。もっとも顔も知らなきゃ、声も聞いたこともねえおっ母さんだ。思い出しようもないがな」

つぶやいた半次が、さらにつづけた。

「おれにも、兄ちゃんがいたかもしれねえ」

独り言としか思えない、半次のことばだった。

「半次」

小声で呼びかけた啓太郎が、黙り込んだ半次をじっと見つめた。


店のなかは、剣呑《けんのん》な空気に包まれていた。

もどってきた小岩が、まくし立てる。

「道庵が、引っ越し先の久右ヱ門町で、病人や怪我した貧乏人たちの手当をしている。裏長屋に住む、顔見知りの担い商いをやっている野郎が、外で診てもらう順番を待っている有様だ。繁盛している」

帳場に座っている備中屋が、顔をしかめて声を荒らげた。

「そいつは大変だ。弦斎や六庵に、すぐこのことを知らせなきゃいけない」

そばに控える権吉が、口をはさんだ。

「大岩と小岩を走らせましょう」

「そうしてくれ。それと、明日の暮六つ、料亭〈青柳《あおやぎ》〉で会合を持つ、とも伝えてくれ」

「あっしも会合に出ます。真木先生にも声をかけますか」

身を乗り出した権吉に、備中屋がこたえた。

「もちろんだ」

強く顎を引いた権吉が、大岩、小岩に顔を向けた。

「大岩は弦斎先生、小岩は六庵先生のところへ走れ。道庵のことや、備中屋さんのことばを伝えるのだ。おれは、もう少し備中屋さんと話をして、真木道場へ向かう」

「わかりやした」

「ひとっ走り行ってきます」

相次いで、大岩と小岩が威勢のいい声を上げた。

裾をはしょったふたりが、備中屋と権吉に背中を向けるや飛び出していった。

七

北町奉行所の一室で、上座にある中山と紀一郎が向かい合っている。

「町医者の臥雲に聞き込みをかけたら、父上から聞いたこととは違うなかみの話をしていました。同心の津村は、調べ直しますか、と言い出す始末で、いささかまいりました」

苦い思いを抑え込みながら、紀一郎が言った。

かすかに首をひねって、中山が応じる。

「松浦殿の性分から判じて、探索でつかみ得たことに誤りはあるまい。臥雲が嘘をついているのだ。二度と手ひどいめにあいたくないという恐怖心が、自分にとって都合のいいことばを吐かせたのだろう。わしはそう思う」

「そのことば、父上に聞かせとうございます。私にとっても嬉しいこと、ありがとうございます」

頭を下げた紀一郎に、中山が告げた。

「いまの段階では、北町奉行所が乗り出すわけにはいかぬ。事件として取り上げた後で、臥雲のように話を変える者が現れたら、町奉行所の落度になりかねぬ。これが人殺しのように、はっきりと骸《むくろ》が転がっているような一件であれば、下手人《げしゅにん》の探索に乗り出しても、誰も咎《とが》める者はおるまい。が、此度《こたび》の一件は違う」

厳しい顔つきになって、紀一郎が言った。

「たしかに。医者町仲間のやっていることは、度を超した嫌がらせに過ぎませぬ。

が、貧乏人たちは、病になっても、怪我をしても医者にもかかれず、座して死を待つしかない事態に陥《おちい》っております。しかし、病をこじらせて死人が出ても、誰が手を下したわけでもない。貧しさによる飢え死に、と似たようなものです。が、心意気のある町医者たちがいれば、死ななくてすむ者たちです。たんに度を超した嫌がらせとして見過ごすわけにはいきませぬ」

「その通りだ。医者町仲間をつくったひとり、質屋の備中屋が江戸質屋仲間の定めに反しているような商いをしていれば取り締まることもできる。薬礼を取り立てるとき、を組の火消たちが乱暴を働いたとしても、高利貸しが病人の布団を剝《は》がすような非道をしても見逃されるご時世、罪には問えぬ」

溜め息まじりに紀一郎がつぶやいた。

「強引に自白させるわけにもいきませぬ。どうしたものか」

「拷問して無理矢理白状させたことが露見したときには、おそらく腹を切らされるだろう。歯がゆいが、町奉行所の立場では、内偵することしかできぬ」

「このまま放置すれば、間違いなく病をこじらせて、死人が出るでしょう。なんとかしなければ」

「松浦殿に動いてもらうしかない。松浦殿の立場なら、多少の争い事があっても、私的な諍《いさか》いとして処置できる」

口調を変えて、中山が告げた。

「よいか、紀一郎。あくまでも内々で動くのだ。此度の一件は、まだ事件になっておらぬ。事件として扱えるような形をつくる。どうすれば事件になるか、そのことだけを考えて、松浦殿とうまく連関するのだ」

「承知しました。肝に銘じておきます」

両手をついて紀一郎が深々と頭を下げた。

第七章　えせ者の高笑い

一

つけていった啓太郎が、道庵の住まいにもどってきた。

「小岩はどこへ行った」

訊いた弥兵衛に、啓太郎がこたえた。

「備中屋へ入っていきました」

「そうか。これで、道庵さんが引っ越し先で貧乏人たちを診ていることを、備中屋たちに知られたわけだ。いよいよ動き出すな」

不敵な笑みを浮かべた弥兵衛に啓太郎が、

「親爺《おやじ》さん、それが狙《ねら》いだったんですか」

驚きの声を上げた。

「動き出せば、必ずぼろが出てくる。そこを突けば、相手を追い詰めることができる」

「なるほど」

感心したように相槌《あいづち》を打った啓太郎が、ふと思い出したのか、気がかりな口調でつづけた。

「そういえば、半次の様子が、どこかおかしいんで」

「なんで、そう思う」

弥兵衛が問いかける。

「突然、みょうなことを言い出したんで」

「みょうなこと？」

鸚鵡《おうむ》返しをした弥兵衛に、首をひねりながら、啓太郎が応じた。

「『赤子を捨てるとき、おっ母さんはどんな気持でいたんだろう』と、曖昧《あいまい》な笑みを浮かべてつぶやいたんです」

「『赤子を捨てるとき、おっ母さんはどんな気持でいたんだろう』。そういったのか」

　念を押した弥兵衛に、

「そうです。おれは面食らって、どうこたえていいかわからなくなって閉口しました」

　神妙な顔をして、啓太郎がこたえた。

「そんなことがあったのか」

　独り言のように弥兵衛がつぶやいた。

　黙り込む。

　その場に重苦しい沈黙が流れた。

　目を注《そそ》いだまま啓太郎は、弥兵衛が口を開くのを待っている。

　うむ、と弥兵衛が強く顎《あご》を引いた。

　悩み事を落着するためにどうすべきか、腹を決めた。弥兵衛の仕草に籠められた意味を、啓太郎はそう推断した。

　顔を啓太郎に向けて、弥兵衛が言った。

「これから備中屋へ行って、張り込んでいる半次と合流し、どんな様子かあらためてみよう」

「そうしてください。なぜか気になるんで」

心配そうに啓太郎が顔をしかめた。

突然、弥兵衛の耳朶《じだ》に、離れにやってきたお郁が引き上げた後、半次がつぶやいた、

「啓太郎の奴、おっ母さんのこと、もう少し心配してやればいいのに。気遣ってやりたくても、おれにはおっ母さんの影も形もない」

との、ことばが蘇《よみがえ》った。

（赤子のとき、定火消屋敷表門の潜《くぐ》り戸前に捨てられていた半次の身に、おっ母さんを思い出させる何かが、起こったのかもしれない）

そう推量した弥兵衛は、半次の胸中をおもんぱかって、空に目を据えた。

二

備中屋の前で弥兵衛は足を止めた。

周りを見渡す。

張り込んでいる通り抜けから出てきた半次に気づいて、弥兵衛が歩み寄った。

警戒の目を走らせながら、半次がもといた場所へもどっていく。

そばにきた弥兵衛に、半次が話しかけた。

「親爺さんがくるとは思ってもいませんでした。道庵先生のほうは大丈夫ですか」

「いまのところはな。権吉たちはどうしている」

訊き返した弥兵衛に、半次がこたえた。

「大岩も権吉ももどってきています。親爺さんがお好を連れてきてから、まず小岩が、その小岩が一度もどってきてからは、大岩と小岩、少し後から権吉が出て行きました。小岩が知らせたことが、権吉たちを動かしたんじゃねえかと思いやす」

「どんな動きがあったか、知りたくてきたんだ。半次の推測どおりだろう。おそらく大岩と小岩は弦斎と六庵に、権吉は真木道場へ、道庵さんが病人たちを診ていることを知らせに行ったんだろう」

「多分、そんなところでしょうね」

「新たな動きが始まりそうだ。しばらく、わしが見張ろう。少し休め」

「そうさせてもらいます」

笑みを浮かべた半次が、外壁にもたれて地面に座り込んだ。

ふたりで張り込みだしてから半時（一時間）ほど過ぎた頃、権吉ら三人が出てきた。

「権吉たちをつけてくれ」

「わかりやした」

裾《すそ》を払って半次が立ち上がった。

三人を半次がつけていく。

気づかれぬほどの隔たりをおいて、弥兵衛は、半次をつけていった。

を組の近くで、半次は小走りになった。

一挙一動を見逃すまいと、弥兵衛が瞠目《どうもく》する。

意外だった。

駆け寄った半次が、権吉たちに声をかけたのだ。

立ち止まった弥兵衛は、半次たちに目を注ぐ。

「権吉さん」

かけられた声に権吉たちが立ち止まる。

微笑んで半次が歩み寄ってきた。

「昨日はご馳走になった。今夜はおごらせてくれよ」

「義理堅いことだ。遠慮なく、付き合わせてもらうぜ」

笑みを浮かべて権吉が応じた。

町家の外壁にへばりつくようにして、弥兵衛は向かい側にある居酒屋〈瓢箪《ひょうたん》〉を見張っている
肩をならべて半次と権吉たちが瓢箪に入ってから、半時（一時間）近く過ぎ去っていた。

（昨日はその場の成り行きで、権吉たちと呑むことになった。誘われたんだ。断るのは不自然だったろう。が、今夜は違う。半次から誘っている。何かわけがあるはずだ）

そう思いながら、弥兵衛は瓢箪を見つめている。

卓の上には、すでに銚子《ちょうし》が十数本置かれていた。

湯飲み茶碗で酒を一気呑みした権吉に、ちびり、と酒を含んで半次が話しかける。

「相変わらずみごとな飲みっぷり。惚《ほ》れ惚れするぜ」

「なあに、半次がすすめ上手だから、はかが行くのさ。少し酔ったかな」

「ところで、昨日話していた定火消屋敷の前に捨てられた赤子のおっ母さんだが、どうなったか知っているかい」

「おっ母あか。おっ母あは行き倒れて死んでしまったよ」

「死んだ。どこで行き倒れたんだ」

「阿部川町は中通り沿いにある〈東雲《しののめ》〉という娼妓屋の前さ。その見世の主人夫婦が、いい人でな。おっ母あを無縁仏として葬《ほうむ》ってくれた」

「おっ母さんには亭主はいなかったのかい」

「百姓じゃ満足に食っていけなくて一家で故郷を捨てて、江戸へ出てきた。が、きた途端、お父《とう》は無宿人狩りにあい、捕まってしまった。それで、路頭に迷ったんだ」

「権吉さんは、東雲の主人夫婦に面倒をみてもらったのかい」

「おれか。おれは」

言いかけて。権吉が黙り込んだ。

「おれは、どうしたんだよ」

訊いてきた半次に　面倒臭そうに、権吉が吐き捨てた。

「いいじゃねえか。思い出したくもねえ。勘弁してくれよ」

顔を突き出して、半次がいった。

「頼むよ。訊きたいんだ。行き倒れたおっ母さんの話をさ」

「話すことなんかねえ。赤子を捨てた話なんか楽しくねえだろう」

「そんなこといわないでくれ。聞きたいんだよ」

身を乗り出した半次を、じっと見つめた権吉が、はっ、としたように目を見開いた。

「もしかして、半次、捨てられた赤子は、おまえじゃねえのか」

一瞬、顔を歪《ゆが》めた半次が、焦った様子で顔の前で右手を横に振った。

「そんなことはねえ。ただ、おれが暮らしている定火消屋敷の前で起こったことだ。どうなったか、気になっているだけよ」

「その程度のことだったら、勘弁してくれ。何度も口にしたくねえ話なんだ」

銚子を手にとった権吉が、湯飲みになみなみと酒を注ぐ。

一気に呑み干した。

空になった湯飲みを卓にたたきつけるように置いた権吉が、再び銚子に手をのばす。

話すことを拒んでいるような権吉の様子を、半次が黙然と見つめている。

一刻（二時間）ほどして、瓢簞から出てきた半次と権吉たちは、見世《みせ》の前で二手に別れた。

権吉たちはを組へ、半次は定火消屋敷へ向かって歩いていく。

権吉たちは、何がおかしいのか、笑いながら遠ざかって行く。

（あの様子なら、三人に気づかれることはないだろう）

見極めた弥兵衛が、外壁から離れて通りへ出た。

かなり酔っているのか、半次は時折よろけながら歩を移していく。

目をそらすことなく、弥兵衛がつけていった。

定火消屋敷近くの濠端《ほりばた》で、不意に半次が立ち止まった。

辻番所を通り過ぎたばかりだった。

身を隠すところがない。

あわてた弥兵衛は、咄嗟《とっさ》に身を低くした。外壁に身を寄せて、辻番所の裏手へ回り込む。
岸辺にしゃがみ込んだ。
どんよりと曇った夜空を、半次は身じろぎもせず見上げている。
突然……。
「おっ母さん、兄ちゃん」
夜空に向かって、半次が呼びかけた。
躰《からだ》の奥底から湧き上がってきた激情を、抑えきれずに口にした。
そんな気がする、半次の声音だった。
じっと弥兵衛が見つめる。
ことばを発したことを悔《く》いているかのように、半次が大きく溜め息をついた。
肩を落とした半次が、うつむいたまま歩き出す。
(おっ母さんは、わかる。なぜ、兄ちゃん、なんだ)
胸中で呻《うめ》いて、弥兵衛は立ち上がった。
足音をしのばせてつけていく。

三

定火消屋敷に入っていく半次を見届けた弥兵衛は、急ぎ足で八丁堀の屋敷へ向かった。

離れに着いたときは、すでに深更四つ（午後十時）を大きくまわっていた。

裏戸を開けて入った弥兵衛は、驚きの目を見張った。

土間からつづく板敷の上がり端に、お松とお加代が肩をならべて座っている。

気づいて、ふたりが同時に立ち上がった。

「何があったのだ」

訊いた弥兵衛に、お松がこたえた。

「奥さまが居間で待っておられます」

「こんな刻限に、千春さんが」

さらに驚愕《きょうがく》した弥兵衛に、

「若さまから、何刻になってもよい。父上を呼んできてくれ、と言われたので待っています、と頑《かたく》なに仰有《おっしゃ》って、帰られたら連れていきます、と言ってもきいていただけません。何事でしょうか」

応じて、お松が眉を曇らせた。

不安げに、お加代もうなずく。

「わかった。千春さんを呼んできてくれ。この足で母屋《おもや》へ向かう」

告げた弥兵衛に、

「すぐ連れてきます」

背中を向けたお加代が、上がり端に足をかけた。

裏戸の前に立って、お松とお加代が、母屋へ向かう弥兵衛と千春を見送っている。

遠ざかる弥兵衛たちを見つめたまま、お松が話しかけた。

「お加代ちゃんの出番が近づいてきたようだ。そろそろ吹針の稽古《けいこ》に熱を入れたほうがよさそうだね」

「旦那さまから、声がかかるのが楽しみです。すぐに稽古を始めます」

お加代が目を輝かせた。

母屋の書斎で、弥兵衛と紀一郎が向かい合っている。

聞き込みをかけたが、父上から聞いたことと違うなかみの話を臥雲がしている。同行した同心の津村は『話に食い違いがある。調べ直したほうがいいのではないか』と言っている。そう告げた紀一郎に、

「わしの探索が甘かったのか、それとも臥雲が嘘を言っているのか、調べればわかることだ。津村に調べさせればよい」

こたえた弥兵衛に、

「それが、そうもいきませぬ」

困惑を露《あら》わに、紀一郎がことばを重ねた。

「中山様は、いまの段階では、北町奉行所としておおっぴらに動き始めることはできぬ。医者町仲間の連中のやっていることは、商売敵《がたき》を少なくするための厭《いや》がらせだ。事件として取り上げたとき、臥雲のように、痛めつけられることを恐れて話を変える輩《やから》が何人も出てきたら、咎《とが》められるのは我々だ。いまは松浦殿に動いてもらい、事件として取り上げられるような形をつくってもらうしかない、と言っておられます」

「いまの有様は、ある場所では時雨《しぐれ》が降っているが、別の場所では煌々《こうこう》と陽が輝いて晴れ渡っている片時雨のようなものだ。医は仁術、と心得ている医者がいなくな

った阿部川町の貧乏人たちは、病を患《わずら》い怪我をしても、手当もしてもらえず、犬猫みたいにじっとして、自然に治るのを待つしかない。悪化して、死ぬ者も出てくるだろう。貧窮《ひんきゅう》のため飢え死にするのと同じことだ。誰も手を下さない。貧乏が人の命を奪っていく。それだけの話だ。下手人はいない。事件として成り立たない」

「中山様は、こうも言われました。父上の立場なら、多少の争い事があっても私的な諍《いさか》いとして処置できる。此度《こたび》の一件は、まだ事件として取り上げる状態になっておらぬ。どうすれば事件になるか。そのことだけを考えて、父上とうまく連関するのだ、と」

「事件として扱えるような形をつくる、か。どうするか、手立てを考えてみよう」

「私も考えてみます。しかし、よい知恵が浮かぶかどうか」

自信なさげな紀一郎に、笑みをたたえて弥兵衛が告げた。

「例繰方の書庫にある覚書にあたってみることだ。よい手立てが潜《ひそ》んでいる」

「閑《ひま》をつくって、手当たり次第に目を通してみます」

「わしも、近いうちに書庫に出向く。手配りしておいてくれ」

「承知しました」

口調を変えて、弥兵衛が言った。

「頼みたいことがある。急ぎの用だ」

「何でしょうか」

身構えた紀一郎に弥兵衛が告げた。

「道庵という町医者の身辺を守らねばならぬ。用心棒が必要だ。心当たりの者はいないか」

即座に紀一郎がこたえた。

「隠密廻りに腕の立つ同心がいます。名は外岡大二郎《そとおかだいじろう》。月代《さかやき》は剃《そ》っていますが、風貌といい。物腰といい、破落戸《ごろつき》浪人としか見えません。昼過ぎには父上のところへ行かせることができますが」

「夕七つに、道庵の住まいへくるように言ってくれ。わしは、そこで待っている」

「言われたように指図します」

「道庵の住まいへくる道筋を絵図にする。筆墨《ひっぼく》と硯《すずり》、紙を貸してくれ」

「文机《ふづくえ》の上に置いてあります。行灯《あんどん》を近づけましょう」

「頼む」

部屋の一隅に置いてある文机に向かうべく、弥兵衛が立ち上がった。

四

翌朝、弥兵衛は離れに顔を出した半次には備中屋を張り込むように、勇吉には裏長屋をまわって、道庵が手当をしてくれる、と触れ歩くように指図した。

昨夜、半次は、

「おっ母さん、兄ちゃん」

と夜空に向かって呼びかけた。

そのときに抱いた、

「兄ちゃん」

という、ことばにたいする疑念を、あえて弥兵衛は半次に問いただそうとはしなかった。

（訊いても、はぐらかそうとするだけだ。本当のところは話すまい）

そう弥兵衛は判じていた。

ふたりが出かけた後、弥兵衛は定火消屋敷へ向かった。一晩考えた末の行動であった。

突然、定火消屋敷にやってきた弥兵衛を、五郎蔵は自分の部屋へ招じ入れた。

訝《いぶか》しげな顔をして、五郎蔵が訊いてきた。

「一昨日、昨日と半次が酔っ払って帰ってきました。いままでこんなことはなかった。半次の身に、何かあったとしか思えません。訊いても『親爺さんから頼まれた探索にかかわることで呑んでいるだけです。とくに何も起きてません』とこたえるだけでしょう。松浦さまに思い当たるふしはございませんか」

「実は、私も同じように感じている。私だけではない。調べを手伝ってくれている啓太郎という男も、このところ半次はおかしい、と言っている」

いったん、ことばを切った弥兵衛が、五郎蔵を見つめてことばを継いだ。

「実は、気になって、昨夜、半次をつけた」

驚愕が五郎蔵の面に浮かんだ。

「何ですって」

ふたりで張り込んでいる備中屋から出てきた、町火消を組の兄貴分で纏持《まといもち》の権吉と弟分の大岩、小岩を半次につけさせたこと、一昨夜、半次は権吉たちに「一献《いっこん》つきあわないか」と誘われ、探索の成り行き上、断り切れずに付き合ったこと、その翌朝から半次の様子がおかしくなったので不審におもってつけたこと、昨夜は、つけていった半次が、を組のそばで権吉たちに声をかけ、近くの居酒屋へ誘ったこと、権吉たちと別れた半次が八代洲河岸の岸辺で足を止め、夜空に向かって「おっ母さん、兄ちゃん」と呼びかけたこと、その声音が、激した気持を抑えきれずに発したもののように感じられたことなどを、弥兵衛が一息に話しつづけた。

「兄ちゃんですって、そいつはおかしい。私は半次には、表門の潜り戸の前に捨てられていた、としか言っていません」

眉をひそめて、弥兵衛が問うた。

「その口ぶりから察するに、お頭は、半次が捨てられたときに、半次の親とおもわれる者の姿を見かけたのだな」

「見ました。幼い女の子の手を引いた母とおもわれる女が走り去っていく後ろ姿を見ています。背中を丸め、女の子を引きずるようにして遠ざかっていった、あの姿は、いまでも、私の瞼《まぶた》に焼きついています」

「そのときの様子を話してくれないか」

「空に雲が垂れ込めた真夜中でした。門のほうから赤ん坊のけたたましい泣き声が聞こえたので、急いで外へ出たら、表門の潜り戸の前に赤ん坊が捨てられていました。幼い女の子の手を引いた女が走り去っていくのが見えたので『待て』と呼びかけましたが、女はさらに足を速めて遠ざかっていきました。追おうとしたとき、赤ん坊が激しく泣き出したので、抱き上げて追いかけました。母子は、どこへ失せたか見つかりませんでした」

「その赤ん坊が半次か」

五郎蔵がこたえた。

「そうです。赤ん坊の懐《ふところ》に金釘《かなくぎ》流の文字で〈半次〉とだけ書いてありました。誰かから教わりながら書いた字なのか、何度も、上から書き足したような、そんな感じのする字でした」

溜め息をついた五郎蔵が、必死の眼差しで弥兵衛に告げた。

「この夜のことは、半次には一言も言っておりません。松浦さまも、他言しないでください。頃合いをみて、私が話します」

「承知した」

思い詰めた様子で五郎蔵が言った。

「さっき、夜空に向かって『おっ母さん、兄ちゃん』と半次が呼びかけたと仰有いましたが、半次はわけもなくそんなことをする男じゃありません。親父がわりで育ててきた私には、わかります。半次の気持を乱すようなことが起こったに違いありません」

「私も、そう思う。一昨夜、昨夜とつづけて半次は権吉たちと酒を呑んだ。なぜ、連夜、権吉たちと酒を酌《く》み交わしたくなったのか、そこら辺に半次の気持を乱したわけを解く鍵が潜んでいるような気がする」

首を傾げて、五郎蔵がつぶやいた。

「半次は、なぜ夜空に『兄ちゃん』と呼びかけたんだろう。権吉から聞いた話に、そう思わせる何かがあったのかもしれない」

即座に、弥兵衛が断じた。

「権吉は、半次から兄ちゃんと思われるような男じゃない。医者町仲間という、欲深な連中の集まりの手先になって、貧しくて町医者に払えないまま滞《とどこお》った、多額の薬礼を、頼まれもしないのに勝手に手数料をとって強引に取り立てている男だ。だが」

「だが、何です」

訊いてきた五郎蔵に弥兵衛が応じた。

「最初に呑んだ日の翌朝、昨日のことだ。半次は、そんな権吉のことを『話してみたら、そんな悪い奴じゃない』と言っていた」

呆《あき》れたように五郎蔵がつぶやいた。

「半次の野郎、何を考えているんだ」

顔を弥兵衛に向けて。五郎蔵がつづけた。

「今日の夕方にも、を組の頭に会い、権吉のことや、を組がどの程度、医者町仲間にかかわっているか、探りを入れてみましょう」

「そうしてくれるか。もうひとつ、頼みがある」

「何ですか」

じっと見つめて弥兵衛が告げた。

「を組の頭との話の具合にかかわらず、明日から半次を、定火消屋敷から出さないようにしてくれないか」

五郎蔵が顎を引いた。

「わかりました。半次に、今夜から私の許しを得なければ、一歩も外へ出るな、と厳しく言い渡します」

「頼む」

と言った弥兵衛に、

「頼む、だなんて仰有らないでください。何の因果か、赤ん坊の頃から始まった子育てに夢中になって、独り身をつづけてしまった私にとっちゃ、半次は息子同然の、かけがえのない奴だ。頼まれなくたって、守り抜きます。血のつながりはないが、父子のつもりでいるんでさ」

「そうか。半次は幸せな者だな」

弥兵衛が微笑んだ。

定火消屋敷を出た弥兵衛は、道庵のところへ向かった。

住まいの前に、入りきれないのか年寄りが三人、地べたに腰を下ろして順番を待っている。

表戸の前から声をかけ入って行くと、手当部屋で怪我人を診ている道庵を手伝って、お好が包帯を巻いていた。

部屋の一隅で、啓太郎が薬研《やげん》で薬種を砕いて、薬をつくっている。用心棒の役目を忘れていない証《あかし》に、病人たちからは躰で隠れて見えないような、それでいてすぐ手に取ることができるところに、長脇差を置いていた。

襖《ふすま》を細めに開けた手当部屋前の廊下に立って、なかを眺めている弥兵衛に気づいて、お好が包帯を巻き終えて立ち上がった。

　歩み寄り、話しかけてくる。

「おっ母さんも喜んでいます。昨日、道庵先生におっ母さんの病状を話したら、薬を調合してくださいました。飲んだおっ母さんが、よく効いている、と言って、こころなしか元気になったみたいです」

「よかったな。道庵先生がたくさんの人たちを手当してあげられるように、頑張っておくれ」

「やってみます。手当を受けて、安堵《あんど》したような顔で帰っていく人たちを見るたびに、やりがいのある仕事だと感じています。こんな気持、初めてです」

　微笑んで、弥兵衛が言った。

「道庵先生がこっちを見ている。早く仕事にもどったほうがいい」

「そうですね。ほんとに、ありがとうございました」

　ぺこり、と頭を下げたお好に、弥兵衛が言った。

「啓太郎を呼んできておくれ」

「わかりました」

　背中を向けたお好が、啓太郎に近づき、声をかける。

長脇差を手にして立ち上がった啓太郎が、弥兵衛のそばにきた。

「用心棒が見つかった。夕七つ、ここにくるように手配してある。悪いが啓太郎は、これから弦斎のところへ行き、張り込んでくれ。新たな動きがあるかもしれない」

「わかりました」

応じた啓太郎が、申し訳なさそうにつづけた。

「道庵先生から頼まれて薬研で薬を調合している途中です。すみませんが、引き継いで親爺さんに薬を調合してもらいたいのですが」

「薬研で薬種を押し潰せばいいのだな」

「そうです」

「やっておく」

「出かけます。何が起きるか楽しみです」

啓太郎が不敵な笑みを浮かべた。

出かける啓太郎を見送って、弥兵衛は慣れぬ薬研の扱いに一苦労しながら薬を作り上げた。

見かねたのか、道庵が、

「弥兵衛さん、一休みしてください。お好にやらせます。早く仕事を覚えてもらいたいからね」

と声をかけてきた。

「おことばに甘えさせてもらいます」

苦笑いして、弥兵衛は別室に移り、壁に背をもたれて目を閉じた。

「弥兵衛さん、お客さんですよ」

かけられたお好の声に、弥兵衛は、焦って目を見開いた。

(眠っていたようだ。これでは用心棒もつとまらぬ)

胸中でつぶやき、

「ここへ通してくれ」

と寝惚《ねぼ》けた声にならぬように気をつけて、おごそかに返答した。

部屋に入ってきた外岡大二郎を一目見て弥兵衛は、

(なるほど紀一郎のいうとおりだ。身だしなみのいい破落戸浪人としか見えぬ)

と思った。

細くて薄い眉、細長く黒目がちな蛇に似た目、尖《とが》った高い鼻、薄くて赤みがかった唇が、長四角の細い顔の真ん中に集まっている。月代をととのえてはいるが、底光りのする目と赤みの濃い唇が、冷ややかなものを感じさせた。

向かいあって座るなり、

「外岡大二郎です。松浦様から命じられて参りました。仔細は、承知しております。用心棒を務めさせてもらいます」

「近いうちに修羅場《しゅらば》になるかもしれませぬ。よろしく頼む」

会釈《えしゃく》した弥兵衛に。

「私こそ、よろしくお引き回しください」

微笑んだ外岡の目の奥底に、外見とは裏腹の、人懐っこい光が宿っている。

手当を終えた道庵に、弥兵衛が外岡を引き合わせた。

道庵には、外岡が隠密廻りの同心であることは伏せてある。

不安げに道庵が訊いてきた。

「啓太郎は、もうこないのか」

「用がないときは、ここに詰めさせます」

こたえた弥兵衛に、

「それは心強い」

安堵したのか、道庵が微笑んだ。

五

暮六つ（午後六時）過ぎ、五郎蔵は、を組の表戸を開けて足を踏み入れ、呼びかけた。

「誰か、いるかい」

出てきた火消のひとりが、板敷きの上がり端に立ったまま、訊いてきた。

「どなた」

「定火消の頭、五郎蔵というものだ。を組の頭に用があってきた。内々だが大事な話だ。おれの身分を証す鑑札、よく見てくれ」

懐から木札の鑑札をとりだし、火消に見えるように掲げた。

鑑札に目を注いだ火消が、驚いて五郎蔵を見た。

「頭に取り次いできます」

浅く腰をかがめて、火消が奥へ引っ込んだ。

客間で、五郎蔵と富九郎が話している。

「定火消は幕府直轄の火消。武家地の火消役といわれる定火消のお頭が、同じ火消でも、町地の火消しの、を組の頭の私に内々の話をするために、わざわざのお運び。どんな話ですか」

「単刀直入に言わせてもらう。気になることがあるんだ。権吉という火消がいるだろう」

「おります。五人いる纏持のうちのひとりです。権吉が何か」

「半次という定火消を知っているか」

「一度だけ、真木道場で会いました」

探る目で、富九郎が五郎蔵を見つめている。

見つめ返して、五郎蔵が言った。

「半次は、おれの息子同然の者だ。その半次がどうやら権吉にからかわれているらしい」

「からかわれているらしい？　そんなこと、あろうはずが」

「ないとは言わせない。その気配があるからやってきたんだ。時と場合によっちゃあ、定火消とを組、町奉行所を巻き込んでの諍いになってもいいと覚悟を決めている」

穏やかな物言いだったが、聞いた者を怯《おび》えさせる威圧が五郎蔵のことばに籠もっていた。

渋面をつくって、富九郎が応じた。

「を組には鳶《とび》の仕事をやりながら、火が出たら、一緒に火事場にかけつけてくれる者を含めて三百人弱ほど火消人足がいます。町奉行所が乗り出してくるようなことにはしたくありません。火消たちが路頭に迷うかもしれない。どうすれば、いいんですか」

「権吉のことをよく知っている火消を、この場に呼んでくれ。いろいろと問いただす」

「権吉の腰巾着《こしぎんちゃく》みたいな奴がふたりいます。呼びますんで、知りたいことを容赦《ようしゃ》なく訊いてください」

廊下側に向き直って、富九郎が数回手を叩いた。

近くに控えていたのか、襖の向こうから男の声がした。

「御用ですか」

「大岩と小岩を連れてきてくれ」

声をかけた富九郎に、

「わかりました」

男が廊下を立ち去る音が聞こえた。

ならんで座る五郎蔵と富九郎の前に、神妙な顔で大岩と小岩が姿勢を正して控えている。

「こちらさんは、定火消のお頭、五郎蔵さんだ」

定火消と聞いた途端、大岩と小岩が焦った様子で目を見合わせた。

その変容を、富九郎は見逃していなかった。

凄《すご》みをきかせて吠えた。

「その顔つきじゃ、てめえら、何か隠してやがるな。大岩、小岩、五郎蔵さんの訊くことに、包み隠しなくこたえるんだ。権吉は、半次に悪さをしたんだな」

日頃から富九郎を怖がっているのか、傍《そば》で見ていてもはっきりとわかるほど、大岩と小岩が躰を縮めて、震え上がった。

甲高い声で大岩がこたえた。

「お頭の見立てどおりで。権吉兄貴が、以前、馴染みだった中通りの娼妓屋〈東雲〉の遊女から聞いた身の上話を話したら、半次、いえ半次さんが、やたら、その話を聞きたがって、それで、権吉兄貴が調子に乗って、自分のことのように話しだしたんで」

わきから五郎蔵が問いかけた。

「その遊女の身の上話を、聞かせてくれ」

目を落ち着きなく、きょろきょろと動かして小岩が話しだした。

「その遊女は幼いとき、おっ母さんが、生まれて六ヶ月ぐらいの弟を、定火消屋敷の門前に捨てるのを見た。それから一年も立たないうちに、おっ母さんも、東雲の前で行き倒れて死んだ、と言っていたそうです」

「何だって。その話、本当か」

声を高めた五郎蔵の剣幕に、

「権吉兄貴が、その女から何度も聞いた、といっていました」

「そのこと、繰り返し兄貴から聞きました」

逃げ腰で、いまにも座を立たんばかりにして、相次いで大岩と小岩が声をうわずらせた。

うむ、と呻いた五郎蔵が、唇を真一文字に結んだ。

黙り込む。

重苦しい沈黙が流れた。

ややあって、五郎蔵が富九郎に顔を向け、口を開いた。

「あらかたのところは飲み込めた。頭、いろいろと世話をかけたな」

微笑んで、富九郎が応じた。

「役に立てて、嬉しいですよ」

じっと見つめて、五郎蔵が告げた。

「今日のこと、権吉には黙っていてくれ」

「わかりました」

笑みを消した富九郎が、大岩、小岩を振り向いてことばを継いだ。

「大岩、小岩、聞いてのとおりだ。定火消のお頭がやってきたこと、半次について訊かれたことなど、権吉に、いや、を組のみんなに一言も喋っちゃならねえぞ。おれの耳に、お喋りしたことが、わずかでも聞こえてきたら、ただじゃおかねえ。いいな」

「いわれた通りにします」

「ご勘弁を」

ほとんど同時にこたえて、ふたりがうつむいて肩を落とした。

場が一段落したと判じて、五郎蔵が富九郎に話しかける。

「いろいろと気配りしてくれて、ありがとうよ。引き上げさせてもらうぜ」

笑みを向けて、五郎蔵が立ち上がった。

六

料亭〈青柳〉を、啓太郎と半次は見張っている。

備中屋をつけてきた半次と弦斎を尾行してきた啓太郎が、青柳の前で鉢合わせしたのだった。

いま、ふたりは青柳の人の出入りを臨むことができる、通りをはさんで向かい側にある通り抜けに身を潜めている。

青柳の一室で、備中屋の左右に弦斎と真木、その隣に六庵、権吉が円座を組んでいた。それぞれの前に、銚子一本に盃《さかずき》、肴《さかな》数皿が載った高足膳が置かれている。

一同が酒や肴に手をつけた様子はなかった。

尖った目つきで備中屋が告げた、

「このまま道庵を野放しにしたら、臥雲や追っ払った町医者たちが取り立てていなかった薬礼をねたに、阿部川町の貧乏人たちを締め上げ、おれのところに連れてきて、うちで質草を買い叩き、流れたら高く売りさばく、という儲《もう》けの図式が成り立たなくなる」

口をはさんで、弦斎が忌《い》ま忌ましげに吐き捨てた。

「貧乏人も病にかかるし、怪我もする。治すためには無理しても高い薬礼を払うだろう。娘がいる貧乏人なら、娘を岡場所に売れば薬礼の取りっぱぐれはない。が、道庵のような、医は仁術などというくだらぬ考えを持っている医者が現れると、わしのところにこなくなる。困ったものだ」

首をひねって、備中屋が言った。

「弥兵衛という爺《じじい》が、お好の薬礼を立て替えて払い、払えないときは躰を質草にする、という証文を受け取って引き上げていった。爺はその足で、お好を連れて道庵の住まいへ行った。爺と道庵はつるんでいるに違いない。爺のことを調べるか」

「おれが調べます」

声を上げた権吉に、弦斎が苛立《いらだ》った。

「そんな閑はない。爺を調べる前にやることがあるだろう」

「やること？　何をやろうというのだ」

問うてきた備中屋に、弦斎が声を高めた。

「備中屋らしくない悠長な言いようだな。いつもなら、手っ取り早く片をつける手立てを考えよう、とせきたてるのに、何でそんなのんびりしたことを考えているんだ」

苦笑いして、備中屋が応じた。

「そう言うな。道庵がいるところは阿部川町ではない、久右ヱ門町だ。阿部川町だったら、多少の荒事を仕掛けても、根回しすれば、闇から闇へ事件を葬って揉み消してくれる者を押さえてある。久右ヱ門町はそうはいかない。これから揉み消してくれる相手の見当をつけ、口説《くど》かなきゃいけない。時がかかるのだ」

舌を鳴らして、弦斎が腹立たしげに言った。

「そんな閑はない。一度道庵のところへ行って診てもらった病人たちは、次から次へと、行きさえすれば道庵が診てくれる、と言い触らすだろう。多くの病人や怪我人たちが診てもらうようになれば、道庵に手を出しにくくなるぞ。道庵の動きを止めるには、臥雲みたいに歩くこともままならぬ躰にするしかない。一日でも早いほうがいい」

「それが一番手堅い手立てかもしれぬな」

つぶやいた備中屋が真木を見やって、ことばを重ねた。

「真木さん、力を貸してくれますね」

渋面をつくって、真木がこたえた。

「いま話していた手立てだと、町奉行所が乗り出してくるおそれがある。わしは町奉行所がからんでくるような話には、手を出さないようにしている。ただし」

「ただし、何です」

備中屋が訊き返す。

返事を待って、弦斎が身を乗り出した。

真木が告げる。

「ただし、門弟のなかには引き受ける者もいるだろう。門弟たちに声をかけ、やりたい者が出てきたら、止めはせぬ」

間髪《かんはつ》を入れず、権吉が威勢のいい声を上げた。

「あっしが皆さんを口説きますぜ」

「話は決まった。手伝ってくれる門弟たちが十名ほど集まったら、明日にでも道庵を襲おう」

備中屋のはっきりした物言いに、

「それがいい。善は急げだ」

弦斎が微笑む。

そんな弦斎や備中屋の様子を、怯えたような眼差しで、六庵が窺《うかが》っている。

七

青柳から出てきた備中屋、弦斎、真木、権吉、六庵が見世の前で別れて、それぞれ引き上げていった。

見届けた半次と啓太郎は張り込みを終え、二手に分かれる。

定火消屋敷へ帰ってきた半次は、物見窓の前に立ち、門番に声をかけた。

「臥煙の半次だ。潜り戸を開けてくれ」

「すぐに」

門番詰所から出てくる足音がして、なかから片扉の潜り戸が開けられた。

入ってきた半次に、門番が告げた。

「お頭から伝言があります。帰ったら、おれの部屋にきてくれ。話がある、と仰有っていました」

「わかった。ありがとうよ」

会釈して、半次が歩き出した。

部屋に入ってきた半次の顔を見るなり、五郎蔵が告げた。

「しばらくの間、外へ出るな。連日、深酒して深更に帰ってくる暮らしぶりだ。探索のためかもしれないが、他の火消たちへのしめしがつかん。定火消の仕事を忘れているようにも見える。もう一度、定火消の心得をたたき込んでやる」

「定火消の心得、忘れたことはありません」

立ったまま応じた半次に、五郎蔵が言った。

「座れ。立ったままでは話がしにくい」

向かい合って、半次が座る。

見据えて、五郎蔵がことばを重ねた。

「外へ出たいときは、その都度、わしの許しを得るのだ。わかったな」

「なぜ、そんなことを」

「これは命令だ」

いままで聞いたことのない、叱りつけるような五郎蔵の音骨《おとぼね》だった。

「お頭」

名状し難い幽愁が、半次の面に浮いた。

じっと見つめた五郎蔵が、さりげなく視線を空に泳がせる。

ぽつり、とつぶやいた。

「隠しておいて悪かったが、わしはおまえのおっ母さんと姉さんの後ろ姿を見ている」

驚愕が半次を襲った。

「姉さん？」

喘《あえ》いだ。

「深更、表門のほうから赤ん坊のけたたましい泣き声が聞こえた。何事かと、飛び出したおれの目に、幼い女の子の手を引いて、走り去る女の姿が見えた。『待て』

と呼びかけ、泣いている赤ん坊を抱き上げて追いかけたが、子連れの女は闇にまぎれて見えなくなった」

「お頭、おれに姉さんが」

無言で、五郎蔵がうなずく。

「姉さんが、おれに姉さんがいたんだ」

呻いて半次が、膝の上に置いていた拳《こぶし》を、強く握りしめた。

第八章　浮世《ふせい》は夢の如し

一

翌朝、半次は姿を現さない。

「どうしたんだろう」

「昨夜、別れるときは元気だったけどな」

首をひねる勇吉と啓太郎に、弥兵衛が話しかけた。

「いろいろ事情があるんだろう。三人でやるしかないな」

「そうですね」

と勇吉が言い、啓太郎はうなずいて口を開いた。

「昨夜、料亭の青柳に備中屋と弦斎、権吉、六庵ら医者町仲間にかかわりのある連中が集まりました。知らない浪人がひとり加わっていました。半次が知っていて真木道場の主だと言っていました」

「真木が会合に出ていたのか」

眉をひそめ、弥兵衛がことばを継いだ。

「どうやら始まりそうだな」

独り言のようにつぶやく。

聞き咎《とが》めて、啓太郎が問うた。

「始まるとは？」

「動き出したということさ」

不敵な笑みを弥兵衛が浮かべた。

はっ、として、啓太郎が応じた。

「そういうことですか」

「そういうことって、何だ」

訝《いぶか》しげに、勇吉が訊く。

わきから弥兵衛が口をはさんだ。

「勇吉、長屋を触れ回っているとき、見張られていると感じたことはないか」

「ありません」

こたえた勇吉に、弥兵衛が告げた。

「それはよかった。昨夜までは医者町仲間の連中は、道庵先生が診《み》てくれる、と触れ歩いていることに気づいていなかったようだ。もしも、誰かにつけられている、と思ったら、すぐに引き上げてくれ。危ないめにあうおそれがある」

「そうします」

ふたりに視線を流して、弥兵衛が言った。

「わしと啓太郎は道庵のところに詰めよう。勇吉は裏長屋に、道庵先生のことを触れ回ってくれ」

無言で、ふたりが顎《あご》を引いた。


昼前に騒ぎが起きた。

手当してもらうために、外で待っていた怪我人が突然、道庵の住まいに飛び込んできた。

「大変だ。権吉と人相の悪い浪人たちがやってくる」

手当部屋とは別の座敷に控えていた弥兵衛が仕込み杖を手に、長脇差を持った啓太郎、大刀を腰に帯びた外岡が廊下に出てくる。

「なかにいろ」

怪我人に声をかけた啓太郎が、表戸を開けて出て行く、外岡もつづいた。

手当部屋をのぞいた弥兵衛は、道庵に声をかける。

「表戸と裏口につっかい棒をかけ、戸締まりをして誰もなかに入れるな」

「わかった」

手当していた手を止めてこたえた道庵が、話しかける。

「お好、裏口につっかい棒をかけてくれ。ほかの戸締まりもあらためるんだ。わしは表戸につっかい棒をする」

「わかりました」

裾《すそ》を蹴立てて、お好が立ち上がった。

表戸を開けて、弥兵衛が出てくる。

なかから、つっかい棒をかる音が聞こえた。

振り向くことなく弥兵衛は、表戸の数歩前にならんで立ち、身構える啓太郎と外岡に告げた。

「わしが先陣を務める。左右を固め、一歩遅れてついてきてくれ」

ふたりが、左右に割れる。

間を抜けて、弥兵衛が歩を運んだ。

前方から権吉を先頭に、浪人十人が道幅いっぱいに扇形の陣形を組みながら迫ってくる。

一跳びすれば大刀の切っ先が届くほどの隔たりに達したとき、双方が足を止めた。

凄《すご》みをきかせて、権吉が吠《ほ》える。

「そこをどきな。おれたちは道庵に用があるんだ。下手に逆らったら、怪我するぜ」

浪人たちが、一斉に大刀を抜き連れた。

斜め後ろで啓太郎が長脇差を、外岡が大刀を抜く。

弥兵衛は、仕込み杖の柄《つか》に手をかけた。

「道庵は手当の最中だ。一歩も通さぬ。たがいに意地を張り合っての私闘。斬っても斬られても恨《うら》みっこなしだ」

「通る」

吠えるや、上段に構えた浪人が斬りかかる。

脇に仕込み杖を抱え込んだ弥兵衛の躰《からだ》が沈んだ瞬間、手元から鈍い光が空を走った。

左の太股《ふともも》を深々と断ち切られた浪人が、もんどりうって倒れる。

ひるむことなく、浪人たちが襲いかかった。

躍り出た外岡と啓太郎が、迎え撃って斬り結ぶ。

わずかの間に外岡は、ひとりを袈裟懸《けさが》けに、返す刀で、ふたりめを下から斜めに斬り上げていた。

鬼の形相《ぎょうそう》で弥兵衛も斬り結ぶ。

一人の刀を撥ね上げて腕を斬り裂き、再び地に這わんばかりに躰を低くして、ふたりめに向かって抜き身の仕込み杖を横に振った。

すねを断たれたふたりめが、転がるように倒れ込む。

啓太郎は鍔《つば》迫り合いをしていた。

たがいに肘をぶつけ合って跳び離れる。

瞬間、斜めに一閃《いっせん》した浪人の刃先が、啓太郎の二の腕を斬り裂いた。

小袖が切れ、血が滴《したた》る。

よろけながらも片手で長脇差を構え、啓太郎が体勢をととのえる。

斬りかかろうとした浪人の脇腹を、躍り込んだ弥兵衛の、横に払った一振りが断ち斬った。

溢れ出る血を滴らせながら、形勢不利と判じて、浪人が怒鳴った。

「引け。引くんだ」

斬られた箇所を手で押さえたり、足をひきずりながら浪人たちが我先にと逃げ去っていく。

見ると、権吉は先頭を切って逃げ出していた。

その場に、骸《むくろ》が四体転がっている。

血刀を下げた外岡が、小走りに近寄ってきた。

小声で弥兵衛に言う。

「骸を片付けましょう。自身番へ走ります」

「そうしてくれ」

「のちほど」

大刀を手にしたまま、外岡が走り去っていく。

斬られた腕から滲み出た血が、小袖を染め上げていく。気にすることなく、遠ざかる権吉と浪人たちに目を注いでいる啓太郎に、弥兵衛が声をかけた。

「道庵さんに手当してもらおう。傷は浅い」

「不覚をとりました。もっと修行しなければ」

苦い思いを嚙みしめて、啓太郎が応じた。

二

隠密廻り同心の指図ということもあって、自身番の動きは素早かった。一刻（二時間）たらずの間に、門弟たちの骸は片付けられた。外岡は、身分柄、表立って指図しようとはしなかった。腕組みをして、大八車を用意してやってきた番人たちの作業を、黙って見つめているだけだった。

骸を積んだ大八車を牽《ひ》いて、番人たちが引き上げていく。

手当するのを途中で止めて、作業を眺めていた道庵は、自身番の手配りのよさに驚いていた。

「元与力の威光は凄い。わしのような、一町医者が頼んでも、自身番はこんなに早く動いてくれない」

「元与力って、どなたのことですか」

怪訝《けげん》そうにお好が訊いた。

一瞬、道庵が焦った。

かつて弥兵衛が与力だったことを、道庵は知っている。が、そのことをほかの者たちには言わないように口止めされていた。

あわてて、道庵がごまかす。

「この家に引っ越すとき、口をきいてくださったお人のことだ」

口から出任せの、嘘も方便の話だった。

引っ越しの最中に訪ねてきた弥兵衛のことを思い出して、咄嗟《とっさ》に出たことばかもしれない。そう推測して、弥兵衛は思わず苦笑いを漏らした。

視線を感じて、見やると道庵も、苦笑いを浮かべている。

わざとらしく咳払いをして、道庵が告げた。

「さて、待っている者たちの手当を始めるか。お好、今日は遅くなるぞ」

「頑張ります」

はっきりした声で、お好がこたえた。

暮六つ（午後六時）過ぎまでいて、弥兵衛は道庵のところを出た。啓太郎には、明朝は離れに来なくともよい、とつたえてある。

離れに帰ってきた弥兵衛を、勝手の板敷に腰をかけて、お松が待っていた。

「昼間、定火消の五郎蔵さんが茶屋に来ました。旦那様に渡してくれ、と言われて、封書を預かってきました」

立ち上がったお松が、歩み寄ってきた弥兵衛に、手にした封書を差し出した。

受け取った弥兵衛に、お松が話しかける。

「いつも通りの、冷や飯と冷えた菜ですが、夕飯を食べられますか。火種は残してあります。根深《ねぶか》汁ですが、温められます」

封をはがしながら、弥兵衛がこたえた。

「途中で一膳飯屋に寄ってすましてきた。休んでくれ。紀一郎に話がある。これから母屋へ行ってくる」

「わかりました。火を落としてから、休ませていただきます」

「近いうちに、お加代の手を借りたい。そのこと、伝えておいてくれ」

「承知しました」

頭を下げ、お松が七輪のほうへ向かう。

封紙を懐《ふところ》に押し込み、文を開く。

〈半次には、外へ出ぬように言い渡しました。捨てられていた夜のことは、私から伝えておきました。半次を動かすときは、お知らせください。　五郎蔵〉

とだけ記してある。

一介の火消人足から、定火消の火事場を指揮する頭まで上り詰めた、現場で行う作業で鍛えられてきた五郎蔵らしい、無駄を省いた、簡潔で明確な文面だった。

再び封紙に文を包み、懐に入れた弥兵衛は、

「母屋へ行ってくる」

火の始末をしているお松に声をかけた。

母屋の紀一郎の書斎で、弥兵衛と紀一郎が対座している。

向き合うなり、弥兵衛が告げた。

「今日、道庵のところに、権吉と真木道場の門弟と思われる浪人十人が殴り込んできた。道庵を痛めつけるつもりできたのだろうが、わしらが迎え撃ったので、成り行き上、斬り合いになった。わしと外岡で四人、斬り捨てた。骸は、外岡が手配し

て自身番の番人たちに片付けさせた」

聞き入っていた紀一郎が、口を開いた。

「医者町仲間の連中が動きだしましたね。このこと、明日にでも、中山様に報告しておきます」

「そうしてくれ。明日、わしも北町奉行所に顔を出す。例繰方の書庫で調べ物をしたい。その許しももらってくれ」

「承知しました」

「例繰方与力として務めていた頃、細かいところは違っているが、類似している事件の覚書を読んだことを思いだした。しかし、探索していた同心が、どんなやり方で落着したか、よく憶えていない。ただ、強引な手立てだったと頭の隅に残っている。明日、書庫で手当たり次第に覚書に目を通して、その事件について書かれたものを探しだすつもりだ。その一件を参考にして、多少手荒いやり方でも行動に移そうと思っている。そのこと、承知していてくれ」

「父上の覚悟、中山様に伝えます」

「これ以上、医者町仲間に勝手な真似はさせられない。言い逃れのできぬ事態をつくりだすつもりだ」

「北町奉行所としてどう動くか、中山様と詰めておきます」

厳しい面持ちで、紀一郎が応じた。

翌朝、離れにやってきた勇吉に、

「いつものように裏長屋をまわって、道庵のことを触れ歩いてくれ」

と指図した後、弥兵衛は茶屋へ向かうお松とお加代を送り出した。

出際にお加代が微笑んだ。

「いつでも働けるように、吹針の稽古はしています。声がかかるのが楽しみです」

開けた表戸のなかから、ふたりを見送った後、弥兵衛は急いで自分の部屋へもどった。

北町奉行所へ出仕していた頃のような出で立ちに着替える。

久しぶりに差した大小二刀が、重く感じられた。

「歩いていくうちに、慣れるだろう」

独り言ちて、弥兵衛が二刀の鞘《さや》をつかんで、歩きやすいように位置をととのえた。

北町奉行所の例繰方の書庫で、弥兵衛は、此度《こたび》の一件と類似している事件がないか、ならべられた棚に山積みされた覚書のなかから、運ぶことができる程度の束を抜き出してきて調べている。

一隅に置かれた文机《ふづくえ》の脇に、運んできた覚書を数十冊積み上げ、片っ端から目を通す。

読み終えたら、もと置いてあった棚に覚書をもどし、再び別の覚書を運んできて読みつづける。

すでに数度、同じことが繰り返されていた。

三刻（六時間）ほど過ぎた頃、覚書をめくる弥兵衛の手が止まった。

「見つかった」

思わず弥兵衛は独り言ちていた。

読みすすむ。

金貸しと町医者が結託して起こした事件だった。病気になった親や身内の薬礼を、貧しさゆえ払えなくなった娘の躰をかたにとって、金貸しが金を貸す。期日に返済できなければ、娘を遊所に売り飛ばし、貸金を回収していた。

娘のいない病人、怪我人の手当は途中で打ち切られていた。見捨てられた貧乏人のほとんどが死に、その数は十数人にも及んでいる。

事件として扱いにくかった理由は、金貸しの利息がさほど高くなかったという点である。御法度で決めた金利より、やや高めだったが目に余るほどではなかった。御法度の抜け道として使われた手口は、実に巧妙だった。娘を売った金から、貸し付けた薬礼の立て替え分と遅れた利息分を差し引いた残りは、身内に渡されていた。

どうしたら、この町医者と金貸しを処罰できるか、事件を追っていた同心は考え抜いた末、切腹覚悟で密かに町医者を拐《かどわ》かした。荒れ寺に監禁して厳しく責め上げ、金貸しと企んだ悪行を洗いざらい白状させた。

町医者に署名させた、白状したなかみを記した証文を、同心は上役である与力に差し出した。

あらためて町医者を吟味した与力は、証文と話すなかみに狂いがないことを確認した上で、金貸しを捕らえることを同心に命じている。捕らえられた町医者と金貸し、仲間たちは遠島に処せられていた。

(医者町仲間の手先たちは、新手《あらて》の浪人たちを集めて、近いうちに必ず道庵の住まいを襲ってくるだろう。時がない。弦斎を拐かし、どこぞに監禁して、企みのすべてを白状させるしか手立てはない。明日にでも決行するか)

腹をくった弥兵衛は、どう動くべきか思案の淵に沈み込んだ。

三

翌朝、離れにやってきた勇吉に、勝手の板敷に腰をかけて待っていた弥兵衛が声をかけた。

「どこかに無人の荒れ寺はないか。できれば阿部川町に近いほうがいい。知っていたら教えてくれ」

遊び人の勇吉は、あちこちぶらついている。どこに何があるか、噂を聞いているかもしれない、と思っての問いかけだった。

近寄ってきて、立ったまま勇吉がこたえた。

「知ってます。時々、遊び人の仲間内で、賭場《とば》を開帳したりしています。荒れ寺でも、支配違いで町奉行所の手入れはないですからね。たまに使っていますから、外見はともかく、なかはそれなりにきれいです」

「どこだ」

「新鳥越町《しんとりごえちょう》四丁目飛地の、新堀川沿いにある海禅《かいぜん》寺の裏手にある正念《しょうねん》寺で」

「海禅寺なら、阿部川町からさほどの隔たりではない。正行寺《しょうぎょう》、行安寺《ぎょうあん》、正安寺《しょうあん》、対岸に東本願寺《ひがしほんがん》と寺院がつづく寺町で、夕方になると人通りも少ない。抜群の地の利だ」

独り言ちて、弥兵衛がことばを継いだ。

「正念寺へ連れて行ってくれ」

「裏長屋を歩き回らなくてもいいんですか」

訝しげに勇吉が訊いてきた。

「正念寺をあらためるほうが大事だ。正念寺の周りを歩いてみて、使えるようなら、新たな動きをしてもらう」

「使えるようならって、どういうことです」

「後で話す。出かけよう」

脇に置いていた仕込み杖に、弥兵衛が手をのばした。

阿部川町から新堀川沿いをすすむと、行安寺門前町の外れで川沿いの道が途絶える。その辻を左へ折れ、二本目の三叉を右へ曲がる。突き当たりを右へ行くと、海禅寺と曹源寺《そうげん》の間に左へ折れる道がある。その道に入り、海禅寺の塀が切れた先に新鳥越町四丁目飛地が広がっていた。

正念寺は、飛地が海禅寺の境内に食い込んだあたりと百姓地の境に建っていた。瓦葺《かわらぶ》きの両扉の表門は立派なつくりだが朽《く》ちかけている。寺とは名ばかりの、庵に毛が生えた程度の大きさだった。

塀のあちこちがはがれてひび割れ、庭には枯れたまま放置されている木も見受けられる。

なかに入ると、壁際にこぶりな須弥壇《しゅみだん》が設けられた、十数畳ほどの広さの本堂と隣り合う板敷の六畳二間があり、その先に勝手があった。

厠《かわや》は外にある。

本堂は、賭場に使われているらしく、それなりに片付けられていた。一隅に畳が数枚、置かれていた。盆御座がわりに使うのだろう。

あらためた弥兵衛は、

「ここはいい」

とつぶやき、隣りに立つ勇吉に声をかけた。

「これから道庵の住まいへ行き、啓太郎を呼んできてくれ。わしはここで、もう少しやることがある」

「一っ走りしてきます」

応じて勇吉が背中を向けた。

猫の額ほどの境内に出た弥兵衛は、庭石に腰をかけ、腰に差していた矢立《やたて》を引き抜いた。

矢立から筆を抜きとり、懐から懐紙を取り出した。

懐紙に紀一郎と半次、お加代にあてた文を書き始める。

お加代あての文には、半次にあてた文を定火消屋敷に、紀一郎にあてた文を北町奉行所へ届けてくれ、としたためた。紀一郎には、動きがあったら文でつなぎをとるので、ここ数日、できうる限り町奉行所に詰めていてくれ、と伝えてある。

半次あてには、弦斎や備中屋たち町医者仲間にかかわる一件を落着させるため、手荒い策を決行して、海禅寺裏、新鳥越町四丁目飛地にある荒れ寺、正念寺にわしと啓太郎と勇吉で立て籠もる。明日の朝にでも合流してくれ、と記した。

半次にあてた文を四つ折りにして、懐紙を封紙がわりに使って、文を包み込んだ。

さらに紀一郎あての文もしたためる。文には、

〈遅くとも今夜までに、弦斎を拐かして、新鳥越町四丁目飛地、海禅寺裏にある荒

れ寺、正念寺に立て籠もる。備中屋や権吉、新手の浪人たちが弦斎をたすけにくるだろう。待ち伏せして、斬り合いになったところで繰り出し、備中屋たちを捕らえてもらいたい。この文をお加代に託す。お加代には、吹針を持って、正念寺へくるようにつたえてくれ〉

と記してある。

文を四つに折り、再び懐紙で覆った。

半次あての文と紀一郎への文を、お加代へ渡す文に包み込む。

書き上げた三通の文を懐に入れた弥兵衛は、筆を矢立にもどし、帯に差した。

早足で往復したのか、ほどなくして勇吉が啓太郎を連れてもどってきた。

庭石に腰をかけて待っていた弥兵衛が、立ち上がって声をかける。

「早かったな」

笑みを含んで、勇吉が応じた。

「その気になれば、できるもので。もどりは啓太郎が急かせるんで、いささか疲れました」

横から啓太郎が訊いてきた。

「こんな荒れ寺で、何をやるんですか」

「啓太郎とふたりで弦斎を拐かして、ここの本堂で締め上げ、悪行《あくぎょう》のからくりを洗いざらい白状させるんだ。臥雲や道庵たち町医者が手ひどいめにあっている。弦斎に同じ思いをさせても、罰はあたるまい」

「いよいよですね」

腰に帯びた長脇差の柄《つか》を握りしめた。

口をはさんで勇吉も問いかける。

「おれは、何をやればいいんで」

懐から懐紙に包んだ、お加代たちにあてた文を取り出して告げた。

「北町奉行所前の腰掛茶屋に行き、お加代に渡してくれ。なかに入れてある二通の文の一通を、最初に北町奉行所に詰めている紀一郎に、残る一通を定火消屋敷へ出向いて半次に、それぞれ直接手渡してくれ。急ぎの用だ。すぐに動いてほしい、とわしが言っていたと伝えるのだ」

差し出された懐紙の包みを受け取った勇吉が、懐に押し込んだ。

「買ってきてもらいたいものがある。弦斎と駕籠《かご》舁きふたりをぐるぐる巻きに縛り上げても、余るくらいの長さの荒縄が入り用だ。それと、二日ほど立て籠もるつもりでいる。水と腹の足しになる飯と菜を用意しておきたい」

懐から取り出した巾着《きんちゃく》に手を入れた弥兵衛が、二朱を二枚抜き出した。

手渡しながら、弥兵衛がことばを重ねた。

「これで足りるだろう」

「十分すぎるくらいで。かなり余ります」

受け取った勇吉が、懐から引っ張り出した巾着に二朱二枚を放り込んだ。

「残りは勇吉の小遣いにしろ。裏長屋廻りで金を使ったろう」

微笑んだ弥兵衛に、

「ほんとですかい」

応じて、勇吉が満面をほころばせた。

「よかったな、勇吉」

声をかけた啓太郎に、勇吉が笑顔を向けた。

「博打で儲けた金が、だいぶ目減りしてきたところだ。ありがたい」

「探索で使った分は遠慮なく言ってくれ。多少のことはできる」

「頼みます」

「いなくても、必ずここへもどってくる。待っていてくれ」

「わかりやした。それじゃ後で」

会釈して、勇吉がふたりに背中を向けた。

半時（一時間）後、弦斎の住まいを見張ることができる通り抜けに弥兵衛と啓太郎が身を潜《ひそ》めている。

「弦斎は、出てくるでしょうか」

「この刻限だ。往診に出かけているだろう。いずれもどってくるはずだ。待つしかない」

「もどってきて門に入ろうとしたところへ、ふたりで飛び出して、親爺《おやじ》さんが付き添いの弟子を仕込み杖で峰打ちにして気絶させ、おれが駕籠舁きたちに長脇差を突きつけて動きを止める。この段取りでいいんですね」

「そうだ。一発勝負だ。失敗は許されぬ」

「決めてみせます」

緊張しているのか、舌なめずりした啓太郎が、ごくり、と唾を呑み込んだ。

年番方与力控之間で中山と紀一郎が向かい合っている。ふたり以外に人の姿はなかった。

懐紙に記し、勇吉に届けさせて、お加代に託した弥兵衛の文を受け取った紀一郎は、急ぎ中山に話し合いを申し入れたのだった。

渡された文を読み終えて、中山が紀一郎に目を向けた。

「松浦殿が汚れ役を引き受けてくれたのだ。町奉行所も、動かねばなるまい。何か揉め事が起きたときの責めは、わしが負う。直ちに手配りするのだ。抜かりなくやるのだぞ」

「委細承知しております」

紀一郎が深々と頭を下げた。

定火消屋敷表門の潜り戸の前で、お加代と半次が立ち話している。

手渡された文を読み、握りしめて半次が言った。

「お頭から禁足を食っている。お頭の許しが出るかどうかだ」

必死の面持ちでお加代が声を高めた。

「何とかして許しをもらって、助勢してほしい。一件落着するために、旦那さんは勝負をかけている。あたしにはわかる。見世を閉めたら、あたしも海禅寺へ向かう」

「お加代さんも行くのか」

無言で、お加代が強く顎を引いた。

「わかった。お頭に話してみる。遅くとも、明日の朝には、正念寺へ行く」

「それじゃ、明日」

「どんなことがあっても行く。たとえ抜け出してもな」

「待ってる」

じっと半次を見つめて、お加代が背中を向けた。

歩き去るお加代に、身じろぎもせず半次が目を注いでいる。

相撲取りのような弟子が付き添った駕籠が、弦斎の住まいの門前にさしかかった。

突然……。

駆け寄る、入り乱れた足音がした。

何事か、と弟子が立ち止まる。

つられたように駕籠舁きたちも足を止めた。

振り向いた弟子の眼前を、鈍色《にびいろ》の光が走った。

首筋に炸裂した仕込み杖の峰打ちに、大きく呻《うめ》いて弟子が倒れる。

引き抜いた長脇差を突きつけられた駕籠舁きの先棒が、腰が抜けたか、へたへたと倒れ込む。

後棒がよろめき、地面に駕籠が落ちた。

駕籠のなかで、弦斎が怒鳴る。

「何をやっている。痛いじゃないか」

駕籠の脇に立った弥兵衛が、抜き身の仕込み杖を突き入れる。

怯《おび》えたのか、なかから甲高い悲鳴が聞こえた。

「訊きたいことがある。一緒にきてもらおう。抗《あらが》えば手荒いこともやらねばならぬ」

「どこへでも行く。刃を引いてくれ」

引きつった声で、弦斎がこたえる。

弥兵衛が啓太郎に視線を走らせ、目配せした。

うなずいた啓太郎が、長脇差を駕籠舁きたちに向けて告げる。

「駕籠を担いでもらおう。おとなしくしていれば、怪我はない」

撥ねるように駕籠舁きたちが立ち上がった。

駕籠を担ぐ。

駕籠の左右に付き添った弥兵衛と啓太郎が、それぞれ刀身を杖と鞘に納める。

「新鳥越町四丁目飛地へ向かう。行け」

弥兵衛の指図にしたがって、駕籠がすすみだした。

四

帰りが遅い弦斎を心配した弟子のひとりが門まで出てきたら、巨漢の弟子が気を失って倒れている。

揺り動かしたが、正気づかない。

弟子が井戸に行き、手桶に水を汲んできた。

巨漢の弟子にかける。

大きく呻いて、気がついた巨漢が、

「先生が拐かされた」

と告げたことで、大騒ぎになった。

水をかけた弟子が、備中屋に駆け込んだ。

驚いた備中屋金蔵は、を組と真木道場に手代を走らせ、権吉と真木道場の門弟たちを呼び寄せた。

半時（一時間）足らずの間に、権吉、大岩、小岩、門弟たち十数人が備中屋の一室に集まった。門弟たちのなかに、のぞいていた半次に気づき、道場に引っ張り込んだ髭面の高弟の姿もあった。

一同を見渡して、備中屋が告げた。

「弦斎さんが何者かに拐かされた。拷問されて、医者町仲間でやっている悪行を洗いざらい白状するおそれもある。早く見つけ出して、たすけださなければならない」

「たすけだそうにも、どこに捕らわれているか見当もつかない。手の打ちようがないな」

権吉がぼやいた。

首を傾げていた、髭面の高弟がつぶやいた。

「あいつなら知っているかもしれない」

聞き咎めて、備中屋が訊く。

「あいつって、誰です？」

顔を向けて、髭面がこたえた。

「裏口から、こっそり入ってきて、稽古を覗いていた半次という定火消だ。あのときは、稽古を見たくて、と言い張ったんで、いたぶってやろうとおもって稽古をやらせたが、なかなかできる奴でな。権吉にも引けをとらなかった。武術好きの町人、と判断して、そのときは疑いを解いたが」

口をはさんで権吉が声を上げた。

「疑わしい奴がいたら、片っ端からあたりやしょう。何ひとつ、手がかりがないんだ。やったほうがいい。半次に訊いてみましょう」

備中屋が身を乗り出した。

「それがいい。すぐ動いてくれ」

「わかりやした」

応じた権吉に髭面が声をかけた。

「おれたちも行こう。捕らえて締め上げたほうが、かかわりがあるかどうか早く見極められる」

冷ややかな目つきで、髭面が薄ら笑いを浮かべた。

定火消屋敷の一室で、五郎蔵と半次が話している。

突然、を組の権吉が訪ねてきて、半次に会いたいと言っている、と門番が伝えてきた。

屋敷に入れる気はなかった。外へ出ていいかどうか、半次は五郎蔵に訊いている。

意外なことに、

「を組の権吉が何のために会いにきたか知らないが、外へ出てもいいぞ」

あっさりと、五郎蔵は許してくれた。

「それじゃ、出かけさせてもらいます」

半次が腰を浮かしたとき、五郎蔵がつぶやいた。

「察するに、松浦さまが探索している一件、どうやら山を迎えたようだな」

ことばの意味を探ろうとして動きを止めた半次が、五郎蔵に目を注いでいる。

潜り戸から出てきた半次に、大岩、小岩を引き連れて待っていた権吉が話しかけてきた。

「ここでは話しにくい。濠端へ行こう」

「いいだろう」

歩き出した権吉に半次がつづいた。大岩、小岩がふたりについていく。

大名屋敷が連なっている。

あちこちに辻番所が点在していた。

八代洲河岸と道三《どうさん》河岸が交わる辰《たつ》ノ口《くち》を通り過ぎ対岸に渡った権吉は、作事方屋敷の手前で立ち止まった。

三人も足を止める。

振り向いて、権吉が訊いた。

「半次、おまえ、おれを騙《だま》しにかけていないか」

鼻で笑って、半次が訊き返した。

「そのことば、そのままお返しするぜ。おれに話した、定火消屋敷の前に、おっ母あと一緒に赤ん坊を捨てたという話、ほんとうにおまえさんのことだったのかい。ほんとうのところはどうなんだ」

怒りを抑えられなかったのか、半次の声が高ぶった。

せせら笑って、権吉がこたえた。

「作り話だと気づいたようだな。実は、あの話は、おれの馴染みだった阿部川町にある娼妓屋の抱え女から聞かされた、身の上話だったのさ」

「その見世の名は？」

「東雲、さ。もっとも馴染みだったのは六年前だ。お冬《ふゆ》、という名だが、その女が、いまどうなっているか知らねえ」

「野郎、おれをいたぶりやがったな」

半次が襲いかかる。

身を躱《かわ》して、権吉が薄ら笑った。

「まだまだ序の口だ。これからたっぷり痛めつけてやるぜ」

「何だと」

睨《にら》みつけた半次に、声がかかる。

「半次、そこまでだ」

声がかかったほうを、半次が振り向く。

片手に抜き身の大刀を下げた髭面が、屋敷の塀の陰から現れる。数人の門弟たちも出てきた。いずれも大刀を抜き放っている。

「おまえは真木道場の」

驚愕した半次に、髭面が大刀を突き出して迫ってくる。

「二度めは許さぬ、と言ったはずだ。知っていることを洗いざらい喋るまで、とことん責め上げてやる」

「死んでも喋るか」

「いい覚悟だ。責めがいがある」

勝ち誇った薄ら笑いを浮かべて、間合いを詰める。

門弟たちも包囲をせばめた。

そのとき……。

駆け寄る、重なり合った足音が響いた。

振り返った髭面が驚愕する。

五郎蔵に率いられた、鳶口《とびくち》を手にした数十人の定火消たちが走ってくる。

「引け。逃げるんだ」

下知した髭面が大刀を鞘に納め、走り出す。門弟たちが髭面にならった。

逃げ去る門弟たちを、大あわてで権吉たちが追っていく。

駆け寄る五郎蔵たちに、半次も走り寄る。

「お頭」

「人数を集めるのに手間取った。これから、松浦さまのところへ向かえ。考えたんだが、おそらく松浦さまは、権吉たちがおまえのところにくるだろう、と睨んでおられたはずだ」

「おれにはわかりません」

「北町奉行所に人を走らせた。馴染みの門番に小銭を握らせたら、与力の松浦さまが配下の同心たちと手勢を率いて、密かに出役《しゅつやく》されたそうだ。おまえは、奴らを松浦さまのところへ案内する囮役《おとり》だったのだ」

「そんな、親爺さんがおれを囮にするなんて、そんなことするはずがねえ」

にやり、として五郎蔵が言った。

「わかってないな。おまえは危ないめにあわない。おまえが松浦さまのところに着くまで、奴らは手を出さない。殺したら、松浦さまの居所がわからなくなる」

「わかりました。いますぐに親爺さんのところへ向かいます」

苦笑いして、五郎蔵が言った。

「馬鹿野郎。おれたちは奴らを捜す一芝居をする。おまえも芝居にくわわれ。見つからない、と諦《あきら》めたふりをして引き上げる。おまえは別れて、松浦さまのところへ向かうんだ」

「囮役、きっちり勤め上げます」

「奴らを一網打尽にするための先鋒だ。火事場と同様に、命がけで働け」

五郎蔵が、ぽん、と軽く半次の肩を叩いた。

「お頭」

じっと見つめる。

火消たちを振り向いて、五郎蔵がよばわる。

「半次を痛めつけようとした奴らが、近くに潜んでいるかもしれない。見つけ出して、定火消をなめたらどうなるか、思い知らせてやろう。三人一組になって動け。ただし、探索するのは、おれの声が聞こえるあたりまででいい。わかったな。散れ」

火消たちが三人一組になって散っていく。

権吉が半次に声をかけた。

「おれたちも行くぞ。芝居していることを見抜かれちゃいけねえ。きっちりやってのけるんだ」

「真剣にやります」

歩き出した五郎蔵に、半次がしたがった。

五

逃げた権吉たちを捜し回る芝居は、半刻（一時間）ほどつづけられた。

「引き上げる」

火消たちに声をかけ、五郎蔵たちは引き上げていった。

ひとりで正念寺へ向かった半次は、常盤橋《ときわばし》御門を出たあたりで尾行に気づいた。

振り向きたいという衝動を懸命に抑えながら、半次は歩きつづけた。

正念寺の周りには、紀一郎に率いられた北町奉行所の捕り方たちが潜んでいるはずだった。

が、どこにいるのか気配も感じなかった。

正念寺の門を潜り抜け、半次が境内に足を踏み入れた途端、声がかかった。

「早かったな」

声のしたほうを見ると、本堂の脇に立つ大木の後ろから啓太郎が出てきた。

推察するに、啓太郎は見張りに立っていたのだろう。

歩み寄った半次が、啓太郎に小声で告げた。

「つけられている」

「親爺さんの見立てどおりだ。弦斎を捜そうにも手がかりはない。権吉はともかく、真木道場の門弟は剣客の端くれだ。疑わしい奴から調べていくぐらいの知恵は身についているだろう。半次が動けば、必ずつけてくるはずだ、と言っていた」

「お頭も、親爺さんはおれを囮に医者町仲間の連中をここに引き寄せて、一網打尽にするつもりじゃないのか、みたいなことを言っていた」

「とりあえず本堂に入ろう。お加代ちゃんも来ている」

本堂へ向かって啓太郎が足を踏み出した。


本堂に入った途端、半次は驚きの目を見張った。

本堂の中央に、丸太の大きな柱が立っている。

その柱に、ぐるぐる巻きにされた弦斎と、駕籠舁きふたりが縛りつけられていた。

柱の近くに置かれた畳に、弥兵衛と勇吉、お加代が座っている。畳のそばに、それぞれが履いている草履《ぞうり》が置いてあった。

入ってきた半次に気づいて、弥兵衛が声をかけてきた。

「権吉たちはついてきたか」

「ここまでつけてきました」

応じた半次に、弥兵衛が満足げな表情を浮かべた。

「それはよかった。つけてこなかったら、次の手を打たねばならぬ、と考えていたのだ」

「お頭が、親爺さんの考えを読んでいました。おれを囮にして、権吉たちに弦斎の居場所を教えてやろうという策じゃないかと、ことばは違うがそんなことを言っていました」

不意に、のっそりと勇吉が立ち上がった。

「そろそろ見張りを交代する時だ。半次、ここへ座れ」

と自分の足下を指さした。

草履を履いて、勇吉が外へ出て行く。

空いたところに、啓太郎と半次が隣り合って座った。

怪訝そうにお加代が訊いた。

「旦那さまは、この三人を縛り上げて、その縄の一端を柱に縛りつけたままで調べようともしない。三人が、用を足したい、と言ったら柱に縛りつけた縄を解いて厠へ連れて行き、用を足させて、もどってきて、また縛りつける。縛り方も、手首から先は自分のおもうように動かすことができるように縛ってある。責めれば白状するかもしれないのに、何をやりたいのかわからない、と啓太郎さんが言っていました。どうして拷問しないんですか」

「拷問しないのは、無傷のまま、町奉行所へ渡したいからだ。手首から先を動かせるようにしているのは、自分で自分の下の世話をさせるためだ。拷問しても、白状するとはかぎらぬ。弦斎の口から医者町仲間の悪行が漏れるに違いない、と備中屋は焦っている。必ず弦斎をたすけにくる、と踏んでいたが、半次がつけられたところをみると、いまのところわしの策はうまくいっているというわけだ」

突然、弦斎が声を上げた。

「ここに何日立て籠もるつもりだ。飯はどうする。毎日、握り飯を食らうつもりか。わしらにも飯を食わせろ。水だけでは躰がもたぬ」

鼻で笑って、弥兵衛が切り捨てた。

「笑わせるな。いま阿部川町で重い病にかかっている者たちは、薬も飲めずに、犬猫同様、ひたすら寝て自分の力で病を治すしかない有様に追い込まれている。弦斎、おまえと備中屋がつくった医者町仲間の企みで、薬礼後払いで貧乏人を診てやる町医者を、阿部川町から追い出した。そのことで、何人が息絶えるか、考えたことがあるか。水を与えてもらえる。それだけでも幸せだと思え」

「金儲けするためにやったことだ。医は仁術ではない。医者も金儲けしたい。贅沢《ぜいたく》三昧《ざんまい》の暮らしをしたい。金儲けのためには、非道な手段もいとわぬ商人や武士、坊主もいる。わしらは御法度は犯していない。許される範囲内でやっていることだ。わかったか」

じっと見つめて、弥兵衛が告げた。

「貴様の言い分は、何度も聞いた。わしとは違うことが、よくわかった。ここにいる者たちも、わしと同じ思いだろう」

無言で、啓太郎と半次、お加代がうなずいた。三人とも、怒りの目で弦斎を睨みつけている。

睨み返した弦斎が、不貞腐《ふてくさ》れて横を向いた。

その夜は何事も起こらなかった。

翌朝も、静かに明けた。

啓太郎、半次、勇吉、お加代が交代で見張りに立ち、手すきの者が二人一組で握り飯と香の物を買いに行き、腹を満たした。勇吉と半次は、修羅場に備えて、匕首《あいくち》を買ってきた。

幸い井戸が涸《か》れていなかったので、水には不自由しなかった。水だけしか与えられない弦斎たちは、げっそりとして口をきかなくなっていた。

暮六つ（午後六時）を告げる時の鐘が風に乗って聞こえてくる。

見張りは半次だった。

朽ちた門扉の隙間から、扇形に広がり近寄ってくる髭面や門弟たち、権吉たち、その背後には備中屋の姿も見えた。

敵を見つけたら、本堂への出入り口でもある戸障子に、石を投げつけて知らせると決めてあった。戸障子は、つねに閉めてある。

あらかじめ懐に入れてある石を、半次が握りしめた。

懐から手を抜きだして、投げる。

障子に穴を開けて、なかに石が飛び込んだ。

仕込み杖を手にとって、弥兵衛が声をかける。

「お加代、戸障子の後ろから、吹針で髭面の浪人の目を狙うのだ」

真木道場の髭面の高弟が権吉たちとともに行動している、と弥兵衛は半次から聞いていた。

長脇差を腰に帯びた啓太郎と、抜き身の匕首を手にした勇吉が、左右から戸障子を開けるため、両端に身を移した。

髭面を中心に門弟たち、権吉たちが境内に入ってくる。

横に広がりながら、本堂へ向かってすすんできた。

見張っていた大木の後ろで、半次が抜いた匕首を構える。

大木の近くで髭面たちが足を止めた。

そのとき……。

戸障子が開けられた。

戸障子の真ん中に立つ、仕込み杖を小脇に抱えた弥兵衛が、悠然と足を踏み出す。

髭面たちが一斉に大刀を抜き連れた。

次の瞬間……。

髭面がのけぞった。

よろけた髭面の右目に、針が突き立っている。

体勢をととのえようとした髭面に、弥兵衛が駆け寄った。

切っ先が届く間合いに達したとき、弥兵衛の躰がわずかに沈んだ。

鈍色の閃光《せんこう》が、髭面の右脇腹から左腋下へと斜めに走った。

断末魔の呻きを発して、髭面が倒れ込む。

迅速極まる、弥兵衛の居合抜きだった。

啓太郎が長脇差をふりかざして、門弟たちに向かって斬り込む。

匕首を手に、半次と勇吉が権吉たちに襲いかかった。

吹筒を口にあてたお加代が、戸障子の後ろに身を寄せて構えた。

左右から斬りかかってくる門弟たちと、弥兵衛が斬り結ぶ。

一人の刀を撥ね飛ばし、返す刀でもうひとりの手首を斬り裂く。

大刀を取り落とした門弟が、手首を押さえてうずくまった。

斬り合いの場から逃れようと備中屋が後退《あとじさ》ったとき、呼子が鳴り響いた。

振り向くと、海禅寺の裏門から、紀一郎率いる同心、捕り方たち数十人が正念寺へ駆け寄ってくるのが見えた。紀一郎は海禅寺の住職と話し合い、正念寺を張り込む場所として使わせてもらったのだった。

驚愕した備中屋が、その場に立ちすくむ。

先頭立って迫ってきた紀一郎が、備中屋の肩口に痛烈極まる十手の一撃を叩き込んだ。

大きく呻いて、備中屋がその場に崩れ落ちる。

本堂の柱に縛りつけられた弦斎の前で、高手小手に縛り上げられた備中屋が床に転がされている。

門弟たちや権吉たちも数珠《じゅず》つなぎに縛られて、引き据えられていた。

弥兵衛や啓太郎、勇吉、お加代、半次は戸障子のそばで、紀一郎の調べを見つめている。

青菜に塩の体の備中屋を、怯えた目で見据えていた弦斎が、突然、叫んだ。

「話します。医者町仲間の企て、やったこと、すべて話します。何でも話します。拷問は厭《いや》だ。勘弁。許してくれ」

そのことばを聞いた紀一郎が、弥兵衛に目を走らせる。

無言で、弥兵衛が大きくうなずいた。

そのとき、開けっぱなしの戸障子の際に立っていた半次が、さりげなく外へ出た。

そんな半次を、弥兵衛は横目で捉えていた。

が、動く気配もみせず、再び紀一郎に目を注いでいる。

六

正念寺を抜け出した半次は、阿部川町の東雲の近くにいる。

料亭や居酒屋、娼妓屋などが建ちならんでいる一画だった。

(東雲のお冬の身の上話だと、権吉は言っていた。お冬のことを知っているとしたら、誰だろう)

東雲やほかの娼妓屋の前では、遊女たちにまじって、やり手婆も客引きをしていた。

東雲の前に、五十半ばの小柄な婆さんが立って、遊びにきた男たちに声をかけている。

眺めているうちに、

(いきなりお冬のことを訊くと、女を引き抜きにきた奴かもしれない、と疑われるおそれがある。馴染みの女だった、と権吉は言っていた。まずは権吉がほんとうに東雲に通っていたかどうかたしかめるべきだろう)

そう考えた半次は、小柄なやり手婆に歩み寄った。

「定火消の半次という者だが、訊きたいことがあるんだ」

声をかけられたやり手婆が、身構えて目を尖《とが》らせた。

「忙しいんだよ。手短にね」

「を組の火消、権吉という男が通ってきていた女のことを知っているか」

顔をしかめて、やり手婆がこたえた。

「権吉？　あの厭味で乱暴者の火消かい。お冬ちゃん、いやいや相手をしていたよ。何でも権吉は捨て子だったそうで、そのことだけは身につまされる、と言っていたね」

「権吉が捨て子？」

眉をひそめた半次は、

（平気で悪さをする奴だ。その場その場に合わせて嘘もつきまくる。捨て子だなんて、嘘に決まっている）

胸中で、そうつぶやいていた。

さらに、問いかける。

「そのお冬さんという女、いま、どうしている？」

溜め息をついて、婆が応じた。

「可哀想に、二年前、客から悪い病をうつされてね。客をとれない躰になっちまったと気に病んで、かみそりで喉を切って死んじまった。死んじまったんだよ」

こころなしか婆の声がくぐもっている。

驚愕が、半次を襲った。

「喉をかみそりで切って、死んだ」

おもわず半次は呻いていた。

つかみかからんばかりにして、問いを重ねる。

「どこに葬られたんだ」

あまりの剣幕に婆が驚いた。

「何だよ。どうしたのさ。あたしゃ、くわしいことは知らないんだ。どこかの寺に無縁仏として葬られたとだけ聞いたよ」

「どこかの寺に無縁仏として」

喘《あえ》いだ半次をじっと見つめて、婆が言った。

「お冬ちゃんは、見世の前で行き倒れたおっ母さんに泣いて縋《すが》っていたところを、東雲の旦那さんに拾われて育てられたんだ。そのことを恩にきて、自分からすすんで女郎になったんだよ。育ててもらった恩を返す手立てはそれしかないと言ってね。

旦那さんはともかく、女将《おかみ》さんは、無駄飯を食らいつづけたんだ。その恩を返せ、と迫りつづけていたし、そうするしかなかったんだろうね。女郎づとめをしていてそばにいたから、お冬ちゃんの気持、あたしにはよくわかったんだ」

しみじみとした口調で婆がつぶやいた。

はっ、と何かに気づいたように顔を近づけ、婆が穴があくほど半次を見つめた。目を据えたまま、ことばを重ねる。

「半次さんとかいったね。そういや、おまえさんの眼差し、どこかで見たような」

大きく目を見開いて、さらにつづけた。

「似ている。お冬ちゃんの面差しに、どこか似ている。まさか、おまえさん、お冬ちゃんの」

言いかけたやり手婆のことばを、半次が遮った。

「手間をとらせたな」

頭を下げた半次が、婆のわきをすり抜け、逃げるようにして立ち去っていく。

呆然と立ち尽くして、婆が遠ざかる半次の後ろ姿を見つめている。

「婆さん」

突然後ろからかけられた声に、ぎくり、と躰をかたくして、婆がおずおずと振り返った。

後ろに立っていたのは弥兵衛だった。取調べのさなか抜け出した半次のことが気になって、つけてきたのであった。

話しかける。

「いまの男、何を訊きにきたんだい」

懐から巾着を取り出した弥兵衛が、手を入れて銭をつまみ取った。

さりげなく婆の手に握らせる。

手を開いて眺めた婆の顔がほころんだ。

「一朱。こんなにたくさん」

愛想笑いを浮かべて、婆が訊いてきた。

「あの若い衆と、どんなお知り合いで」

「親子みたいな仲さ」

「そうですか。あの若い衆、東雲の抱え女で、二年前にかみそりで喉を切ったお冬ちゃんのことを訊きにきたんですよ」

身振り手振りをまじえて、やり手婆が話しだした。

口をはさむことなく、弥兵衛はじっと聞き入っている。

七

備中屋や弦斎が捕らえられ、五日が過ぎ去っている。

医者町仲間の企みと悪行の数々を弦斎は、洗いざらい自白した。

取調べは順調にすすみ、まだ言い渡されてはいないが、備中屋金蔵は闕所《けっしょ》の上、遠島、弦斎は財産没収され遠島、権吉、大岩、小岩や加担した真木道場の門弟たちは島流しの刑に処せられると決まっている。

中山甚右衛門ら年番方与力たちの働きかけもあって、北町奉行永田《ながた》備前守《びぜんのかみ》は阿部川町の名主、地主、家主たちを北町奉行所に呼び出した。

医者町仲間によって追い出された道庵ら町医者たちを阿部川町に呼びもどし、開業することに町を挙げて便宜を図るように、との北町奉行直々のことばの力は絶大だった。

出て行った町医者たちは、住む家はもちろん、必要とする家財一切をそろえてもらうという、至れり尽くせりの扱いで阿部川町へもどってきた。

以前住んでいた家が、まだ空き家のままだった。道庵は、望んで同じところへ引っ越してきた。

いままでのかかわりもあって、弥兵衛と啓太郎、半次は道庵の引っ越しを手伝っている。

阿部川町でも、お好は道庵の助手を務めることになっていた。

運び込んだ家財道具を、あらかた片付け終えた弥兵衛たちは、道庵の家を後にした。

帰り道、弥兵衛が啓太郎と半次に話しかけた。

「明日もつきあってくれ」

「いいですよ」

「このところ閑《ひま》を持て余しているんで、ありがたいかぎりです」

相次いで半次と啓太郎が応じた。

弥兵衛は、東雲に行き、やり手婆と何やら話していたことを、一言も口に出さない半次のことを気遣っていた。

(こころの奥底に、言い知れぬ悲しみを溜め込んでいる)

そう見立てていた。

翌朝、屋敷の離れで落ち合う約束をして、弥兵衛たちは別れた。

雲ひとつない青空が広がっている。

昼前、弥兵衛たちは三ノ輪《みのわ》の神清寺《しんせい》にいた。

寺の前にある店で花と線香、蠟燭《ろうそく》を買い、墓参りする者たちのために寺で貸してくれる手桶とひしゃくを持って、手水場《ちょうずば》へ向かった。

手水場でそれぞれが手を洗い、手桶にひしゃくで水を満たす。

「誰の墓参りですか」

訊いてきた半次に、

「気になるふたりが入っている墓だ」

いつもと変わらぬ弥兵衛の物言いだった。

そんなふたりを、啓太郎が神妙な面持ちで見つめている。

両側に墓が連なる小道を、花や蠟燭、線香を手にした弥兵衛、ひしゃくを突っ込んで、水を満たした手桶を持った、啓太郎と半次が無言で歩みをすすめていく。

その墓は奥の塀際にあった。

長四角に盛られた土の中央に、一端が地中に埋められた、高さ一尺ほどの紡錘《ぼうすい》形の墓石が建てられている。

墓石には、

〈無縁〉

とだけ彫ってあった。

「まさか」

つぶやいて、半次が弥兵衛を見やった。

「東雲の抱え女だったお冬が葬られている。わしは小柄なやり手婆に頼み、昔の身分を明かして東雲の主人と話した」

「小柄のやり手婆。それでは、取調べの途中で抜け出したおれを」

呻くように訊いた半次に、弥兵衛がこたえた。

「つけさせてもらった。その日のうちに、わしは東雲に乗り込んだ」

黙って半次は弥兵衛に目を注いでいる。

弥兵衛が、ことばを重ねた。

「東雲の主人が言っていた。おっ母さんに手を引かれて、定火消屋敷の前に、生まれて半年の弟を捨てたときの光景が瞼《まぶた》に焼きついて離れない、とお冬は何度も主人に話していたそうだ。お冬のおっ母さんは東雲の前で行き倒れて死に、お冬は東雲の主人に育てられた。この墓には、お冬のおっ母さんも葬られている」

「そうでしたか」

じっと半次が墓石を見つめた。

弥兵衛は、主人からお冬の弟の名を聞いていた。

〈半次〉

という名だった。

あえて弥兵衛は、そのことを半次に話さなかった。悲しみに打ちひしがれ、しばらく立ち直れないかもしれない、と判じた上での決断だった。

笑みをつくって、弥兵衛が告げた。

「よく似た話じゃないか。お冬とおっ母さんの墓参りをしてやりたいと思いたってな。つきあってもらった」

「親爺さん」

神妙な面持ちで半次が頭を下げた。

「花を供えよう。蠟燭と線香に火をつけなきゃ」

手に持っていた花を、弥兵衛が半次に手渡した。

花が墓石の前に置かれている。火のついた蠟燭二本と三本の線香の束が、盛られた土に突き立てられていた。

墓石に向かって、弥兵衛たちは手を合わせている。

拝むのを止めて、合わせている両手を離しかけた弥兵衛が、拝みつづけている半次に目を走らせた。

半次の唇が、かすかに動いている。

弥兵衛は、唇の動きを追った。

「おっ母さん、姉ちゃん」

と呼びかけている。そう思えた。

手を離しかけた啓太郎が、あわてて合掌しなおす。

線香の煙が立ち上る。

再び強く手を合わせた弥兵衛は、薄目を開けて揺れ動く煙を見やった。

煙は漂いながら、ゆっくりと上っていく。

弥兵衛には、薄幸だったお冬と母の霊が、ようやく安らぎを得て、天に昇っていくかのように感じられた。

本書は書下ろしです。

実業之日本社文庫　最新刊

中山七里
ふたたび嗤う淑女
金と欲望にまみれた〝標的〟の運命を残酷に弄ぶ、投資アドバイザー・野々宮恭子。この女の目的は……人気悪女ミステリー、戦慄の第二弾！（解説・松田洋子）
な52

早見 俊
女忍び　明智光秀くノ一帖
卓越した性技をもち、明智光秀を支える「白蜜党」。武田信玄を守る名器軍団「望月党」。両者は最終決戦へ。新聞連載時より話題沸騰、時代官能の新傑作！

は72

南 英男
罠の女　警視庁極秘指令
熱血検事が少女買春の疑いをかけられ停職中に金属バットで撲殺された。極秘捜査班の剣持直樹は、検事を罠にかけた女、自称〈リカ〉の行方を探るが——!?

み720

木宮条太郎
水族館ガール8
いつまでも一緒にいたい——絶滅危惧種の保護問題に直面しつつ、進む由香と梶の結婚準備にさらなるハードル。そしてアクアパークにまたもや存続の危機が？
も48

遊歩新夢
三日後に死ぬ君へ
過去を失った少女と、未来に失望した青年。ふたりの宿命的出会いが奇跡を起こす!?　切なすぎる日々の果てに待っていたものは…。怒濤のラストは号泣必至！

ゆ31

吉田雄亮
北町奉行所前腰掛け茶屋　片時雨
名物甘味に名裁き？　貧乏人から薬代を強引に取り立てる医者町仲間と呼ばれる集まりが。彼らの本当の狙いとは？　元奉行所与力の老主人が騒動解決に挑む！

よ58

実業之日本社文庫　好評既刊

吉田雄亮
侠盗組鬼退治
強盗頭巾たちに襲われた若侍の手にはなぜか富くじの木札が。江戸の諸悪を成敗せんと立ち上がった富豪旗本と火盗改らが謎の真相を追うが……痛快時代小説！

よ51

吉田雄亮
侠盗組鬼退治　烈火
侠盗組を率いる旗本・堀田左近の周辺で立て続けに火事が。これは偶然か、それとも…!?　闇にうごめく悪と仕置人たちとの闘いを描く痛快時代活劇！

よ52

吉田雄亮
侠盗組鬼退治　天下祭
銭の仇は祭りで討て！　札差が受けた不当な仕置きに山師旗本と人情仕事人が調べに乗り出すが、神田祭が突然の危機に…痛快大江戸サスペンス第三弾。

よ53

吉田雄亮
草同心江戸鏡
長屋の浪人にして免許皆伝の優男、裏の顔は!?　浅草は浅草寺に近い蛇骨長屋に住む草同心・秋月半九郎が江戸の悪を斬る！　書下ろし時代人情サスペンス。

よ54

吉田雄亮
騙し花　草同心江戸鏡
旗本屋敷に奉公に出て行方がわからなくなった娘たちはどこに消えたのか？　草同心の秋月半九郎が江戸下町の闇に戦いを挑むが……痛快時代人情サスペンス。

よ55

実業之日本社文庫　好評既刊

井川香四郎
ふろしき同心　江戸人情裁き

嘘も方便——大ぼら吹きの同心が人情で事件を裁く！　表題作をはじめ、江戸を舞台に繰り広げられる人間模様を描く時代小説集。（解説・細谷正充）

い10 2

井川香四郎
桃太郎姫　もんなか紋三捕物帳

男として育てられた桃太郎姫が、町娘に扮して岡っ引の紋三親分とともに無理難題を解決！　歴史時代作家クラブ賞・シリーズ賞受賞の痛快捕物帳シリーズ。

い10 3

井川香四郎
桃太郎姫七変化　もんなか紋三捕物帳

綾歌藩の若君・桃太郎、実は女だ。十手持ちの紋三のもとでおんな岡っ引きとして、仇討、連続殺人など、次々起こる事件の〈鬼〉を成敗せんと大立ち回り！

い10 4

井川香四郎
桃太郎姫恋泥棒　もんなか紋三捕物帳

讃岐綾歌藩の若君・桃太郎が町娘の桃香に変装して散策中、ならず者たちとの間で諍いに。窮地を救った若き刀鍛冶・一文字菊丸に心を奪われた桃香は——!?

い10 5

井川香四郎
桃太郎姫暴れ大奥

男として育てられた若君・桃太郎。将軍暗殺の陰謀を未然に防ぐべく、「部屋子」の姿に扮して、単身大奥に潜入するが……。大人気シリーズ新章、堂々開幕！

い10 6

実業之日本社文庫　好評既刊

井川香四郎
桃太郎姫　望郷はるか
偽金騒動を通じて出会った町娘・桃香に、商家の若旦那がひと目惚れ。その正体が綾歌藩の若君（!?）と知らない彼は……人気シリーズ、待望の最新作！
い10 7

宇江佐真理
おはぐろとんぼ　江戸人情堀物語
堀の水は、微かに潮の匂いがした――薬研堀、八丁堀、夢堀……江戸下町を舞台に、涙とため息の日々に訪れる小さな幸せを描く珠玉作。（解説・遠藤展子）
う2 1

宇江佐真理
酒田さ行ぐさげ　日本橋人情横丁
この町で出会い、あの橋で別れる――お江戸日本橋に集う商人や武士たちの人間模様が心に深い余韻を残す、名手の傑作人情小説集。（解説・島内景二）
う2 2

宇江佐真理
為吉　北町奉行所ものがたり
過ちを一度も犯したことのない人間はおらぬ――与力、同心、岡っ引きとその家族ら、奉行所に集う人間模様。名手が遺した感涙長編。（解説・山口恵以子）
う2 3

風野真知雄
東海道五十三次殺人事件　歴史探偵・月村弘平の事件簿
先祖が八丁堀同心の名探偵・月村弘平が解き明かす、東海道の変死体の謎！　時代書き下ろしの名手が挑む初の現代トラベル・ミステリー！（解説・細谷正充）
か1 2

実業之日本社文庫　好評既刊

倉阪鬼一郎
大江戸隠密おもかげ堂　笑う七福神
七福神の判じ物を現場に置く辻斬り。隠密同心を助ける人形師兄妹が、闇の辻斬り一味に迫る。人情味あふれる書き下ろしシリーズ。
く42

倉阪鬼一郎
からくり成敗　大江戸隠密おもかげ堂
人形屋を営む美しき兄妹が、異能の力をもって白昼に起きた奇妙な押し込み事件の謎と、遺された者の心を解きほぐす。人情味あふれる書き下ろし時代小説。
く43

倉阪鬼一郎
料理まんだら　大江戸隠密おもかげ堂
蝋燭問屋の一家が惨殺された。その影には人外の悪しき力が働いているようで…。人形師兄妹が、異能の力で巨悪に挑む！　書き下ろし江戸人情ミステリー。
く44

倉阪鬼一郎
人情料理わん屋
味わった人に平安が訪れるようにと願いが込められた料理と丁寧に作られた器が、不思議な出来事と人の縁と幸せを運んでくる。書き下ろし江戸人情物語。
く45

倉阪鬼一郎
しあわせ重ね　人情料理わん屋
身重のおみねのために真造の妹の真沙が助っ人に。そこへおみねの弟である文佐も料理の修行にやって来たことで、幸せが重なっていく。江戸人情物語。
く46

実業之日本社文庫　好評既刊